ŒUVRES

DE

A. ROLLAND

Tiré à cent trente exemplaires numérotés.

N°

CH. PÊTRE SCULP.　　IMP. BERTAUTS, PARIS　　A. MOUILLERON, LITH.

A. ROLLAND.

ŒUVRES

DE

A. ROLLAND

PUBLIÉES PAR SA FAMILLE

AVEC LE CONCOURS DE

K. BODMER, FRANÇAIS, J. LAURENS, E. LE ROUX, MOUILLERON, VERNIER

ET PRÉCÉDÉES D'UNE NOTICE SUR SA VIE ET D'UN CATALOGUE DE SES OUVRAGES

PAR

E. GANDAR

Imp. Bertauts, r. Rodier, Paris

METZ

TYPOGRAPHIE DE F. BLANC, RUE DU PALAIS

1863

A. ROLLAND

L'Exposition de peinture ouverte à Metz en 1836 par la Société des amis des arts est la première où l'on ait vu figurer le nom d'Auguste Rolland. Il avait à ce moment trente-huit ans passés.

On se demandera comment un peintre, dont la vocation paraissait être si manifeste, a failli s'ignorer lui-même, ou comment le succès dans la suite a coûté si peu à un artiste qui, pour devenir franchement artiste, avait tardé jusqu'à l'âge mûr. Quelques mots sur les jours obscurs de sa jeunesse donneront le secret de ces apparentes contradictions.

A. Rolland est né à Metz le 4 juin 1797. Emmené, quelques jours après sa naissance, à Rémilly, d'où sa mère n'était sortie que pour chercher à la ville le secours des médecins, il y passa, presque sans interruption, toute son enfance. Or, à moins d'avoir aujourd'hui quelque trente ans et davantage, il faut déjà, en vérité, tout un effort de l'imagination pour se figurer ce que c'était que la campagne au commencement de notre siècle.

Ce village de Rémilly, rebâti entièrement à neuf, tenu avec une propreté qui touche à la coquetterie, où l'on arrive si facilement de tous côtés par de bons chemins, par une route, par un chemin de fer, était alors un amas irrégulier de maisons rustiques, perdu dans les boues, complétement inaccessible pendant les grandes pluies et dans la saison des neiges. Aller chez un voisin, ou à l'église, ou à l'école, n'y était pas tous les jours une chose simple. C'était une entreprise hasardeuse, au gros de l'hiver, de faire, pour gagner la grande route au *Cheval rouge* et puis la ville, trois lieues de malheur à travers bois, à travers champs, dans des chemins creux, bordés de haies; les roues se perdaient dans les ornières de la ruelle de Mécleuves; on relevait en toute hâte ses jambes sur le siége de la voiture, et je crois bien me rappeler qu'on se signait lorsque, à l'entrée du village d'Aube, le conducteur donnait son grand coup de fouet et lançait, à la grâce de Dieu, dans le gué variable du petit ruisseau débordé, le char à bancs attelé de quatre chevaux.

Ainsi, on était aux portes de Metz, et il se passait des mois entiers où l'on eût pu croire qu'on habitait le désert. Mais l'isolement était sans tristesse : en l'absence de toute autre distraction, on goûtait plus vivement peut-être que nous ne savons le faire aujourd'hui, les émotions de la vie des champs.

Dans la maison de Jean-François Rolland, notre grand-père, on la voyait sous ses aspects les plus variés. Il était lui-même attaché à cette vie, moins par accident et par habitude que par choix. On sait quel mouvement général entraînait, dès lors, vers la ville et vers les professions libérales les fils de paysans qui avaient un peu d'aisance, de la capacité et de l'instruction. J. F. Rolland en vit de ses yeux plus d'un exemple, dans sa famille, dans son village : ainsi Jean-Pierre Pécheur, son cousin germain, né à Luppy, procureur à Metz, qui devait occuper avec honneur la première présidence, et fut la souche de toute une lignée de magistrats; les Lapointe, dont il épousa la sœur, tous trois sortis de Rémilly pour servir dans les finances ou dans l'armée. Son propre frère, Jean-Baptiste-Dominique Rolland, plus âgé que lui de sept ans, était avocat au parlement de Metz, lorsque l'estime publique, faisant violence à sa modestie, l'envoya siéger à l'Assemblée législative. C'est lui qui, plus tard, siégea encore au conseil des Cinq-Cents et mourut, en 1821, conseiller à la Cour de Metz et député de la Moselle, suivi dans la tombe par la reconnaissance de sa ville d'adoption et l'estime de tous les partis.

J. F. Rolland avait, comme son frère, étudié à Metz et même à Nancy; doué d'une promptitude et d'une sûreté de jugement qui le rendaient propre au maniement des grandes affaires, mis à l'épreuve, en 1792, comme membre élu du directoire de la Moselle, dont je le vois diriger, à tour de rôle, les discussions, en l'an II et en l'an III de la République, sollicité, à plusieurs reprises, d'accepter d'autres emplois, il ne semble pas avoir songé un seul instant à changer de résidence ni de métier. Ce fut lui qui resta au berceau de la famille et qui tint à honneur d'en garder le modeste patrimoine : quelques champs acquis un à un par Mangin Rolland, par Jean, par Joseph, et la charge de tabellion qui passait du père au fils pour la troisième fois.

Et pourtant c'était un homme d'une énergie singulière, endurci aux privations, qui dormait à peine, et ne connaissait ni l'oisiveté, ni la fatigue. Les allées et venues de clients dans une étude de notaire, les soins d'une nombreuse famille (il eut onze enfants, dont sept devaient lui survivre), tant d'affaires à régler chez lui, chez les autres, ne suffisaient point à la dévorante activité de son esprit.

Il s'était donc épris de la terre, mettant sa joie, non-seulement à l'acquérir, à la posséder, mais à lui donner sa pensée, ses peines, à s'ingénier pour en développer incessamment la fécondité naturelle, parfois aussi à lutter contre elle et à la maîtriser. Mal servi par les conditions du sol, par le climat, il cherchait le mieux à tout prix, enseignant aux autres par son exemple, et quelquefois à ses dépens, ce qu'il fallait éviter ou faire pour enrichir un pays qui ne devait pas, prétendait-il, demeurer pauvre. Il vivait entouré d'ouvriers en toute saison, donnant lui-même ou faisant donner ses ordres sur tous les chantiers, allant des écuries dans les champs et dans les bois pour voir ses troupeaux, ses charrues, ses bâtiments commencés, les bûcherons dans la coupe, les planteurs sur le bord des fossés; c'est ainsi qu'il parvenait quelquefois à satisfaire un besoin d'agir et des instincts de commandement qui étaient le fond de son caractère.

Les enfants grandissaient en liberté au milieu de cette ruche en travail. Sans aller loin, c'était un spectacle attachant pour eux, et toujours nouveau, que la vaste cour, fermée sur quatre faces par des bâtiments et par un grand mur, où pullulaient, tout autour de l'ancien colombier seigneurial, pigeons, volaille, bestiaux et chiens. Ce désordre pittoresque avait laissé dans la mémoire d'A. Rolland des traces ineffaçables; il en parlait volontiers; il aimait à se rappeler aussi les soirs d'automne où, après toute une journée passée dans les bois de Roineau, près de la fontaine, à surveiller une tendue de sauterelles, frères et sœurs redescendaient au village à la nuit tombante et croisaient, sur leur chemin, les gens, les bêtes, un pêle-mêle d'ouvriers, de clients et de chasseurs.

C'est ainsi que, de très-bonne heure, vivant au sein de la nature, et accoutumé à l'observer, il en gravait l'image changeante dans son esprit, mais sans avoir pressenti lui-même qu'un jour il saurait la reproduire avec ses crayons. Il avait quelque treize ans lorsqu'il fut conduit au collége de Sarreguemines pour y apprendre ce qu'on apprenait partout, si ce n'est au village, un peu de latin, un peu d'histoire, un peu de géométrie. C'est là qu'il reçut ses premières leçons de dessin d'un brave maître qui vint bien vite à bout de lui apprendre tout ce qu'il savait lui-même. J'ai sous les yeux plusieurs de ces essais, rapportés du collége avec grand soin, entourés de petits cadres noirs rehaussés d'or, et qui ont fait l'ornement de la maison paternelle. Ils indiquent bien, sans doute, une adresse qui n'est pas donnée à tout le monde, mais sans révéler une vocation. Aussi les idées du jeune écolier étaient-elles tournées ailleurs.

Et quelle pouvait être l'ambition d'un adolescent dans une petite ville de garnison, sur la frontière, en 1812, en 1813, alors qu'on voyait passer les recrues qui allaient remplir les vides de la Grande armée, venger nos désastres en Russie ou la trahison de Leipzig? Déjà, dans la maison de son père, l'imagination d'A. Rolland s'était nourrie de récits de guerre tout autant que de récits de chasse. Il avait interrogé les enfants du pays qui revenaient, entre deux campagnes, montrer fièrement leurs chevrons ou leurs épaulettes, Michel Dubois, le garde-chasse, qui avait servi comme trompette-major en Espagne, Joseph Petitmangin, un *pâtureau* devenu officier après avoir fait la campagne d'Égypte, mais surtout ses oncles, Joseph et Louis Lapointe, tous deux enrôlés volontaires dans les armées de la République, tous deux colonels après avoir bravement conquis leurs grades sur les champs de bataille de l'Empire.

Tels étaient les modèles qu'il s'était choisis, lorsqu'au mois d'octobre 1813 il partit pour Paris, sous la conduite de son frère aîné. Tous deux étaient fixés sur leur avenir. L'un, qui devait seconder son père et lui succéder un jour, suivait les cours de l'École de droit; l'autre entra au lycée Napoléon pour y faire une année de mathématiques spéciales et se présenter à l'École polytechnique.

Il allait y être admis, selon toute vraisemblance, et il en serait sorti pour servir dans les armes spéciales, lorsque la campagne de 1814, malgré tant d'héroïques victoires, amena les alliés jusque sous les murs de Paris. Les portes des lycées s'ouvrirent et tous ceux qui étaient de taille à porter un fusil coururent aux barrières avec un juvénile enthousiasme. Suivi d'une poignée de camarades, A. Rolland obtint l'honneur de conduire à Montrouge une pièce de canon, qu'ils braquèrent sur les avant-postes de l'ennemi et qu'on eut peine à leur arracher lorsque la capitulation fut signée. Trois jours de bivouac et l'espoir de pointer aussi juste que de vieux soldats : là se bornèrent, à son grand regret, les services de notre artilleur improvisé. Il reprit, avec tristesse, le chemin du lycée; des ordres supérieurs en avaient déjà fermé les portes. On offrit à quelques bons élèves de les leur ouvrir par exception; A. Rolland refusa cette faveur et revint chez son père, fort en peine de retrouver une carrière qui fût de son goût, après que l'abdication de Fontainebleau, puis la brusque catastrophe qui termina les Cent-Jours lui eurent fermé à jamais celle des armes.

Il vécut, dès lors, pendant plusieurs années, à l'aventure, laissant couler ses jours pleins ou vides avec une entière indifférence, sans s'attacher à rien dans le présent, ni prendre aucun parti pour l'avenir, très-disposé à se soustraire à toute occupation réglée, si un père qui ne pouvait souffrir autour de lui ni un esprit distrait, ni un bras inoccupé, ne l'eût arraché en sursaut à ses rêveries. Il était rare qu'il n'y eût pas pour lui, comme pour tout le monde, une part dans la besogne de la journée; par tous les temps et à toute heure même de la nuit, son cheval pie était sellé, et il recevait l'ordre de porter loin, de rapporter vite un oui ou un non.

La tâche était moins rude lorsque c'était lui qu'on envoyait, pour un peu de temps, à Holacourt, à Bouligny, surveiller le curage, ou l'empoissonnement, ou la pêche de deux étangs de possession récente, où s'écoulèrent quelques-uns des jours les plus heureux de sa jeunesse, qu'il choisit plus tard pour sa part d'héritage, et dont le souvenir se retrouvera souvent dans ses tableaux. Il n'y était pas toujours affairé, ni seul. Des sépias de cette date représentent déjà la nacelle chargée de chasseurs, les canards sauvages qui prennent leur volée dans les roseaux. La soirée se passait au vieux moulin; on avait, en ce temps-là, retrouvé l'appétit de Pantagruel et quelques éclairs de l'esprit de Rabelais; c'était une gaieté sans frein, bouffonne et même un peu grossière, mais prompte et franche, avec des éclats de rire dont la digue et les échos de la rive semblaient avoir gardé, hier encore, comme un lointain retentissement.

M. Rolland eût désiré voir à son fils un goût plus prononcé et plus de zèle pour les affaires; et pourtant il l'y jugeait propre. Lorsque la vingtième année fut venue, il l'envoya d'abord à Heidelberg, où, tout en apprenant la langue allemande, il dessina les vieux châteaux des bords du Necker et suivit un cours de perspective (1817); puis à Strasbourg, où il prit, sans grande peine, quoiqu'une éducation très-irrégulière l'eût laissé assez ignorant de tout ce qui s'apprend dans les livres, ses premiers grades, celui de bachelier ès lettres (3 juillet 1818), celui de bachelier en droit (6 juillet 1819). Il alla terminer ses cours et subir les épreuves de la licence (5 janvier 1821) à Paris, où son jeune frère Adolphe, déjà touché par la muse, faisait alors sa rhétorique au collége Henri IV. Le 16 août 1821, il comparaissait avec ses deux autres frères, Alexis et Prosper, à la barre de la cour de Metz et prêtait serment comme avocat.

En même temps, sans trop savoir ce qu'il faisait, et par un mouvement de passive obéissance, il avait commencé dans l'étude de Me Claude Purnot, un stage qu'il continua chez Me Thiriot, à Nancy (1822-1825). Le 1er janvier 1826, il était en règle, licencié en droit, maître clerc, tout préparé, du moins en apparence, à devenir le dixième notaire de la famille, et déjà il était question pour lui du choix d'une étude. Mis au pied du mur, il finit pourtant par s'interroger lui-même; il se rendit compte, un peu vaguement encore, de ses aptitudes, plus nettement de ses répugnances; il osa parler, ou plutôt écrire et faire parler ses amis. Au point où en étaient les choses, comment reculer? Comment obtenir seulement un délai d'une volonté qui ne savait point fléchir? Les négociateurs officieux tremblaient; la tendresse paternelle leur vint en aide.

M. Rolland n'avait au fond, pour ses enfants, qu'une ambition; lui qui avait usé sa vie à toujours vouloir et à faire toujours quelque chose, il devait sentir plus vivement que personne que le travail est la loi commune, et que le père qui a travaillé lui-même pour enrichir ses enfants leur ménage un présent funeste, si, en leur assurant l'indépendance, il les livre à toutes les tentations d'une énervante oisiveté. Si étranger qu'il fût à la conversation des salons et des ateliers, il avait un esprit trop ferme et trop élevé pour nourrir en ce qui touche les arts aucune de ces préventions vulgaires qu'on reproche si volontiers à la bourgeoisie. Mais le bagage d'artiste de son fils était assez mince; il lui avait vu faire sous ses yeux, rapporter de Heidelberg, de Strasbourg et de Paris, des croquis, quelques sépias, de timides essais de lithographie; était-il permis de voir là autre chose qu'un jeu de sa fantaisie et l'amusement de ses heures perdues?

A. Rolland aurait hésité lui-même à l'affirmer. Il avait trop de sincérité et de bon sens pour ne pas reconnaître qu'il était sage de mettre sa vocation à l'épreuve. Et comme cette vocation, sans aucune tendance spéciale, ne se révélait encore que par un goût assez vif pour le dessin, il accepta sans murmure la transaction que la prudence de son père lui proposa; c'était de choisir, parmi les arts du dessin, le plus utile. Il quitta donc Nancy et les affaires pour aller à Paris étudier l'architecture (janvier 1826).

J'ai eu sous les yeux une trentaine de lettres écrites par lui à son père et à ses frères pendant ce dernier séjour qu'il fit à Paris (1826-1829). Les premières exprimaient de la façon la plus naturelle et la plus vive sa joie de trouver enfin « un travail qui était pour lui un plaisir » et auquel il se livrait « de tout son cœur. » « Combien je regrette, disait-il, le 27 janvier, trois semaines après son arrivée, le temps précieux que j'ai passé d'une manière si désagréable en me livrant sans énergie à des occupations pour lesquelles je ne me sentais aucun goût! »

Le 11 avril, une occasion solennelle s'est présentée de réfléchir une dernière fois et de dire sans détour toute sa pensée. Il vient d'apprendre que son père, à toute aventure, a voulu profiter de circonstances favorables pour lui assurer, à la porte même de Rémilly, l'étude de Pange. Dans sa réponse, il pèse assez froidement le pour et le contre; la question d'intérêt, celle du goût : sur ce dernier point comment hésiter? Il a compris à son tour « le bonheur que le travail peut procurer. » Mais il sent que le plus grand bonheur de la vie est de « se livrer à une occupation que l'on aime. » Plus de trois mois s'écoulent avant que cette affaire malencontreuse ne soit réglée selon ses désirs : il persévère, et je suis certain que son père, tout en faisant le sacrifice de ses propres vues, ne lut pas sans plaisir la lettre du 13 juillet où il déclarait que ses idées étaient bien fixées et que son unique désir était désormais de s'adonner à son nouveau travail « sans partage et sans tergiversation d'esprit. »

Ce n'est pas à dire qu'il ne se soit laissé plus d'une fois distraire et amuser sur son chemin. Je compte plusieurs séjours en Lorraine où il s'attarde sans trop de scrupules, des visites régulières à deux de ses sœurs qui venaient d'être mariées en Argonne, une promenade au Havre, où il vit la mer pour la première fois avec une émotion profonde (septembre 1827), un voyage à Londres entrepris avec son vieil ami Hingray et son frère Adolphe (mai et juin 1828). A Paris même, il ne marchande pas trop les heures à ses plaisirs; il fait un peu de politique; mais ce que j'ai noté avec le plus d'intérêt, ce sont les premiers indices de la préférence irréfléchie qui allait insensiblement l'entraîner vers la peinture.

D'abord, il se borne à crayonner sur son garde-main des croquis où ses camarades d'atelier admirent sa facilité pour le dessin d'imitation ; l'année suivante il fait de longues visites à l'Exposition, s'arrêtant des heures entières devant les tableaux qui lui plaisent. Un commencement d'émulation s'empare de lui : trois mois plus tard il raconte qu'il passe tous ses dimanches à dessiner l'académie d'après nature dans une réunion d'artistes et d'amateurs, et ne fait pas difficulté d'avouer que, parmi ces derniers, il est le plus fort (22 janvier 1828). En 1829, il fait deux parts de ses semaines, et passe les trois derniers jours (du vendredi au dimanche) à peindre. Il lui paraît sage d'acquérir ainsi des connaissances qui le consoleront un jour de l'ennui de vivre « en bourgeois de Metz » (17 juin 1829).

Il est assez remarquable que ce peintre amateur était encore peu occupé de paysage; sur ses albums (j'en ai deux de Paris et un de Londres) il mêle à des croquis de ponts, de tombes, à des plans de jardins, quelques dessins d'animaux, plus souvent des silhouettes de femmes, des costumes de chasseurs et de soldats. La meilleure part de ses économies (qui étaient petites) servait à acheter des images; j'ai retrouvé dans ses cartons l'œuvre de Charlet, presque complète, la plupart des lithographies de Raffet et de Vernet; les pièces capitales étaient de bonnes gravures d'après les chasses d'Oudry et de Desportes; pas un Claude Lorrain, ni même un Ruysdaël, quoiqu'il parlât souvent du fameux *Buisson*. Au Salon, les tableaux qui l'avaient frappé surtout, c'étaient le *Mazeppa* de Vernet et l'*Antiquaire* de Roqueplan. Un fragment de la *Barque du Dante*, copié au pastel, je ne sais par qui, et une bonne étude de Poterlet, d'après les *Chevaux à l'écurie* de Géricault, étaient, avec la gravure du *Mazeppa*, les seuls souvenirs qu'il eût rapportés de son court passage dans les ateliers de Paris.

Au surplus, la peinture n'était pour lui que le passe-temps; et il avait pris fort au sérieux les études qui devaient lui donner un métier. Je vois, d'après ses notes, qu'à diverses reprises, il a passé vingt mois dans l'atelier de Ménager, bon architecte et professeur éclairé, sous lequel il fit régulièrement ses étapes, depuis les éléments qui allaient de front avec l'étude de la géométrie descriptive, jusqu'aux projets, conçus ordinairement dans des vues pratiques : des projets de corps de garde, de bains, de lavoir public, et même le projet d'un « cabaret sur le bord d'une grande route. » Le maître avait soin surtout de conduire sur les chantiers ses élèves les plus avancés, et de compléter leur apprentissage en les associant à la surveillance de ses travaux.

La conscience d'A. Rolland était donc assez tranquille lorsqu'il prit congé de son maître à la fin du mois d'août 1829; il eût pu, comme son ami Janniard et les plus habiles parmi leurs compagnons d'études, fournir avec distinction la carrière à laquelle il se destinait; pour son coup d'essai, il rebâtissait un corps de ferme et le moulin de Rémilly, puis il devait aller s'établir à Metz et y chercher l'emploi de son talent, lorsqu'une catastrophe qui le surprit et l'affligea très-vivement remit pour la troisième fois son avenir en question. J. F. Rolland s'affaissa tout à coup et rendit le dernier soupir dans son fauteuil, le 29 septembre 1830.

Quatre ans plus tard, A. Rolland avait renoncé à l'architecture comme au notariat; les leçons de M. Ménager, auxquelles il a fait honneur par la suite, ne lui avaient, pour le moment, servi qu'à dessiner la tombe de son père, à s'arranger, non sans peine, une habitation commode entre les quatre murailles d'une vieille maison, et à tracer timidement les premières allées de son jardin.

Il n'avait pas non plus pris rang parmi les peintres, lorsque s'ouvrit à Metz, en 1834, une exposition départementale de l'industrie et des beaux-arts. Les beaux-arts, confondus avec les arts industriels, y formaient, comme aux trois expositions antérieures, une section, l'une des dernières. Mais la section avait pris une telle importance qu'il put être dès lors question d'instituer, pour la peinture et la sculpture, des expositions spéciales, plus fréquentes, et déjà, dans le rapport que l'Académie l'avait chargé de faire, M. Faivre put annoncer la formation d'une Société des amis des arts.

Le fait dominant de l'exposition de 1834, en ce qui concerne la peinture, c'est la vive impression causée par les « travaux nombreux et variés » de M. Maréchal; le judicieux rapporteur se plaît à proclamer que la maturité de son talent approche, et en même temps il avertit l'artiste éminent, dont ce jour commençait la renommée, qu'on attend beaucoup de lui et qu'il faut « de grandes prétentions à qui veut tenter de grands efforts. »

Une nouveauté que l'Académie signalait aussi, c'était l'entraînement général qui avait décidé les amateurs à répondre, comme les artistes, à son appel; on voit, en effet, figurer sur le catalogue et sur la liste des récompenses accordées, à côté de M. Hussenot et de M. Migette, deux maîtres habiles qui commençaient à honorer leur profession, des gens du monde, A. Mennessier, R. des Robert; le receveur général de la Moselle, M. Lucy; un jeune élève de l'École d'application, qui promettait déjà tout ce qu'il a tenu, M. Penguilly-Lharidon, et un « officier d'artillerie », qui est aujourd'hui le général Courtois-d'Hurbal.

On s'étonne de ne point rencontrer parmi tous ces noms celui d'A. Rolland. D'autres soins l'absorbaient encore. Résolu, après la mort de son père, à ne point sortir de Rémilly, il s'y installait lentement; il y installait ses frères. Tout occupé de régler sa vie, s'il s'avisait de dessiner, ce n'était que par boutades, lorsqu'on le pressait, ou lorsqu'il craignait l'ennui, ce qui n'arrivait guère que si les circonstances l'avaient poussé loin de sa chère maison. Ainsi c'est de Bade et des montagnes de la forêt Noire qu'il a rapporté son premier album de paysagiste (1832).

Il ne vivait pas d'ailleurs assez éloigné de la ville, ni assez isolé du monde pour demeurer indifférent aux luttes politiques qui furent si passionnées dans le pays messin pendant les cinq ou six années qui suivirent la révolution de 1830. Il y prit donc sa petite part, à sa manière, et fournit à l'*Utile*, journal populaire de l'Est, ainsi qu'au *Messager patriote*, almanach publié en 1833 et en 1834, plusieurs vignettes, dont les deux principales, un *Napoléon debout sur les rochers de Sainte-Hélène* et l'*Assassinat juridique du maréchal Ney*, eurent la bonne fortune de devenir populaires.

A la même époque, il dessina sur pierre et fit imprimer, chez Dembour, une suite de vignettes qui est restée entre les mains d'un très-petit nombre d'amis et de curieux, comme le monument drôlatique d'une obscure querelle de village. L'éternel conflit entre l'autorité religieuse et l'autorité civile s'était rallumé pour des raisons insignifiantes sur un tout petit champ de bataille, et y avait pris bientôt des proportions et un tour tellement burlesques, que la gravité des deux partis n'y put tenir : A. Rolland composa l'*Histoire de M. Mulet, la plus forte tête de son temps;* on en rit, comme il était juste, et l'incident fut vite oublié.

Un éclat de rire marqua aussi le terme d'une lutte plus sérieuse, engagée depuis des années, et qui tenait en émoi toutes les populations des deux rives de la Nied. Une route, longtemps désirée, plusieurs fois promise, allait enfin relier aux marchés de Metz cette vallée déshéritée. Où passerait-elle? Grosse question débattue avec une extrême vivacité. Il ne faudra donc pas que l'on s'étonne un jour de retrouver, en toutes lettres, à la vingt-septième page in-4° d'un Mémoire *sur la direction de la route départementale de Metz à Baronville*, imprimé chez Lamort et présenté au Conseil général (1834), un nom que nous avons pris l'habitude de ne chercher que parmi les herbes, au premier plan d'un paysage.

A. Rolland plaidait les intérêts des habitants de la rive gauche; la rive droite eut, jusqu'à la dernière heure, un défenseur, très-habile, très-opiniâtre, qui eût mérité de réussir, qui échoua. La réplique de l'artiste à l'avocat fut une caricature : *coup de pied de l'âne au lion malade*, dit celui-ci, qui, par hasard, avait la fièvre et ne se faisait plus d'illusions sur le succès de ses efforts. Le dernier mot fut un portrait du *Lion malade*. La route passait à Rémilly, et, par surcroît, l'âne avait mis les rieurs de son côté.

Au milieu de ces passe-temps, A. Rolland vivait heureux, tranquille, sans donner un regret aux années qui s'enfuyaient, emportant avec elles le reste de sa jeunesse et les promesses incertaines de son talent. Tandis qu'il s'oubliait nonchalamment à tous les détours du chemin, l'aiguillon pourtant se fit sentir, et doucement, comme il faisait toutes choses, il se laissa enfin arracher à son indolence.

Les ouvrages de M. Maréchal, qu'il vit pour la première fois en 1833, exercèrent sur lui une influence décisive, non-seulement par leur mérite, qu'il fut un des premiers à reconnaître, mais par les procédés qu'employait l'artiste.

Il y avait quelques années déjà que M. Maréchal, sans cesser de peindre à l'huile, avait pris l'habitude de recourir au pastel, pour donner plus vite une forme à ses idées, lorsqu'il esquissait une composition ou qu'il étudiait d'après nature. C'est lui qui, le premier, d'une façon suivie et heureuse, appliqua au paysage, puis à l'histoire, une manière de dessiner qui n'était guère employée, d'après la tradition, que pour le portrait.

Ses essais frappèrent vivement A. Rolland; au mois de juillet 1833 il rapportait de Metz trois petits tableaux, une tête de femme et deux vues des bords de la Moselle, qui lui firent comprendre tout le parti que des mains habiles pouvaient tirer de cette poussière aux mille nuances, pour reproduire les harmonies vaporeuses de notre ciel de Lorraine. D'ailleurs ce procédé expéditif, dont les amis de M. Maréchal pouvaient chercher à détourner un peintre consommé dans les pratiques les plus ardues de son métier, semblait fait tout exprès pour un homme qui n'était plus d'âge et qui n'avait jamais été d'humeur à passer lentement par tous les degrés d'un difficile apprentissage.

La première boîte de pastel rapportée par A. Rolland à Rémilly (octobre 1833), servit à copier une étude de M. Maréchal, à reproduire quelques natures mortes, puis à peindre (c'était déjà une hardiesse) un troupeau de petites vaches qui s'acheminent vers une eau dormante, toute bleue sous un ciel bleu; enfin à essayer deux fois le portrait de son frère Adolphe.

Avec la seconde, il partit pour les Pyrénées (1835). C'est dans la vallée d'Arles, puis aux environs de Barèges, malgré la langueur d'une convalescence, qu'A. Rolland, ravi en extase par les beautés tour à tour gracieuses et sublimes de la contrée la plus pittoresque qu'il eût jamais vue, put se rendre à lui-même ce témoignage, qu'il éprouvait des émotions assez profondes pour être tourmenté du besoin de les exprimer. L'amour du dessin « le possédait. » Au mois de septembre, après une absence de près de quatre mois, il rapportait de sa lointaine excursion un peu de santé, de délicieux souvenirs, et plus de soixante dessins à la mine de plomb ou au pastel, faits sur les lieux mêmes, plusieurs avec soin, tous avec un plaisir et une ardeur qui déjà touchaient à la passion.

Retombé malade l'hiver suivant et jusqu'à l'approche de la belle saison, il travailla patiemment, un peu tous les jours, peignit ce qu'il avait sous les yeux : un lièvre, un grand-duc, des oiseaux tués sans lui par son frère, dans les haies de son jardin, tandis qu'il était retenu à Metz, prisonnier des médecins.

Il ne fut donc pas pris au dépourvu, lorsque la Société des amis des arts, dont il était membre, ouvrit, dans les salles de la bibliothèque, sa première exposition « des tableaux, sculptures et gravures du département de la Moselle » (juin 1836).

Cette exposition mérite de garder une place à part dans nos souvenirs, quoiqu'elle fût peu considérable, et ceux qui l'ont organisée, avec le concours actif et sous la direction intelligente de M. Lucy, ont bien mérité de notre pays. Il fut désormais prouvé pour tout le monde que la bonne ville de Metz comptait dans son sein plus d'amis des arts qu'on n'avait pensé, et des artistes assez nombreux, assez habiles pour l'illustrer bientôt par leurs succès. La plupart vivaient dans la solitude, ignorés du public, se connaissant à peine entre eux; la comparaison qu'ils furent appelés à faire de leurs ouvrages, les encouragements et les conseils qu'ils s'habituèrent à échanger, les sympathies très-vives qu'on leur témoigna, leur inspirèrent une confiance et une émulation fécondes. Ainsi se forma la petite et vaillante école qui s'est groupée autour de M. Maréchal et poursuit, non sans gloire, depuis près de trente ans, ses destinées.

Le rang du maître fut consacré d'une manière définitive par une toile représentant les *Frères Baudes conduits au supplice*, charmant tableau dont les figures expressives, se détachant sur les brumes lumineuses d'un ciel d'automne, rappelaient à des juges très-compétents les bons ouvrages de Terburg. Puis venaient d'excellents paysages de M. Lucy, des portraits bien dessinés et bien peints de M. Hussenot, des études de M. Migette, qui cherchait consciencieusement sa voie dans des directions assez diverses avant de consacrer son âge mûr au commentaire pittoresque de nos chroniques. Puis, en plus grand nombre que les peintures, des dessins de toute sorte, les dessins au suif de M. Livet, les dessins à la plume de M. Lharidon, si vigoureux et si mordants, les élégantes sépias de M. Mennessier, et deux scènes touchantes très-finement rendues par M. B. Faivre : un *Vieux laboureur visitant ses champs* et le *Repos de l'ouvrier*.

C'est parmi cette élite qu'A. Rolland prenait sa place en même temps qu'Aimé de Lemud et Th. Devilly. Après tant de délais, il se trouva qu'il débutait le même jour que deux jeunes gens, à peine échappés des bancs de l'école, et il ne se fût pas lui-même avisé de comparer ses tardifs essais ni aux *Apprêts du duel*, qui, du premier coup, donnaient un digne émule à M. Lharidon, ni au *Maître chanteur* qui, déjà, faisait pressentir *Wolframb*.

Sans se faire aucune illusion sur son propre compte, il avait tout simplement pris et laissé prendre à son mur et dans ses cartons tout ce qu'on lui avait dit n'être pas sans quelque mérite. Dans le nombre figuraient quelques essais au pastel, plusieurs cadres de petits oiseaux des bois pris par le bec ou jetés sur une table, comme au retour de la tendue; un *Gibier mort;* une *Chouette* clouée, selon l'usage de nos campagnes, sur la porte d'une grange. Rien qui eût vie, si ce n'est une *Chienne avec ses petits*.

Pour la couleur, il en était encore aux éléments, faisant une étude scrupuleuse des effets de la lumière, de la dégradation des tons; s'efforçant d'atteindre à la vérité, à l'harmonie. Le succès commençait à couronner ses efforts; mais, lorsqu'il voulait disposer une scène, rendre une idée, il revenait encore timidement à ses crayons. Les paysages mêmes, une *Vue prise dans les Hautes-Pyrénées,* la *Vallée d'Arles*, les *Environs de Barèges*, un *Troupeau* dispersé dans la prairie, qui sentait davantage notre Lorraine, étaient de purs croquis à la mine de plomb, tout aussi bien que le *Blessé*, le *Grand-père* et la *Lecture pieuse*.

Le *Grand-père* est un bon vieillard qui tresse quelques brins d'osier, tandis qu'une toute petite fille échevelée ouvre de grands yeux pour le voir faire. La *Lecture pieuse* montrait une jeune fille assise auprès d'un vieux prêtre qui tient un gros livre, la Bible sans doute, sur ses genoux; il lit avec recueillement, elle écoute en écolière docile. Le *Blessé* présentait un soldat du moyen âge affaissé au pied d'un arbre et s'efforçant de bander la plaie ouverte sur sa jambe nue, tandis qu'on voit la sanglante mêlée se poursuivre au loin dans la plaine.

Tous les éloges prodigués à ces modestes ouvrages venaient surprendre A. Rolland près du lit de souffrance où commençait l'agonie de son frère Adolphe. Le malade les accueillait avec joie. Il se préoccupait vivement de cette exposition dont on parlait beaucoup autour de lui, qu'il ne vit pas. Elle remplissait un de ses vœux les plus chers.

Touchante sollicitude chez un homme qui aurait pu prétendre à la gloire pour son propre compte et qui allait mourir, et voulait mourir tout entier. Il y avait longtemps déjà que, malade et désespérant de la guérison, il avait dit :

Dans ce tiroir une clef soupçonneuse
Renferme encor ma vie humble et rêveuse,
Je veux l'ouvrir; allumez un flambeau...
Je veux, penché sur le bord du tombeau,
Relire encore et livrer à la flamme
Vers et chansons où j'ai laissé mon âme;
Ils trahiraient le secret de mon cœur.
Et puis peut-être, avec un ris moqueur,
La raillerie irait troubler ma muse,
En son cercueil innocente et confuse.

La maladie, cette fois, ne devait pas faire grâce; il le savait et renouvela, sous une forme plus solennelle, l'expression de son désir suprême; il emportait avec lui dans la tombe le secret de son cœur et le secret de son génie.

Mais cette ambition si généreuse de se survivre par ses œuvres, qu'il s'efforçait d'étouffer en lui, il l'éprouvait pour son frère : né sous une plus heureuse étoile, ses jours, à lui, n'étaient pas comptés; il pouvait former des projets, laisser au temps le soin de les mûrir et les accomplir un jour aux yeux du monde. Ainsi le voulaient l'honneur et la tranquillité même de sa vie : pour n'avoir point de reproche à se faire à lui-même dans l'avenir, il ne fallait pas qu'il laissât perdre imprudemment les dons que lui avait prodigués la nature.

C'est ce que le poëte avait dit quelquefois au peintre, d'une voix discrète, aux heures propices. Désormais la vocation était manifeste, le succès certain; l'artiste, satisfait de lui-même, encouragé par la faveur publique, n'avait plus qu'à persévérer, à faire cas de son talent, à chercher dans l'art autre chose que l'amusement de l'esprit et le plaisir des yeux. « Ah! mes amis, disait le malade au milieu de ses souffrances, vous êtes contents, attendez que je sois guéri, et je vous dirai votre fait; mes amis, vous ne le prenez pas d'assez haut. »

Ces paroles, toutes familières, qu'il n'avait plus la force d'expliquer, ne furent pas prononcées en vain; c'est A. Rolland qui me les a redites, et plus d'une fois; dans sa pensée, l'attachement au travail et le désir de la perfection ne se sont jamais séparés du souvenir de son frère.

Ad. Rolland mourut le 21 août 1836, laissant son frère frappé au cœur de la douleur la plus profonde qu'il ait jamais ressentie. Il y avait près de six ans qu'ils vivaient de la même vie, hôtes l'un de l'autre tour à tour à Rémilly et à Metz, ne distinguant qu'à peine leurs intérêts, habitués à mettre toujours tout en commun, les plaisirs, les peines, et leurs beaux projets pour l'avenir. C'était un veuvage qui commençait pour Auguste; il fallut l'arracher brusquement à ses pensées; on l'emmena en Suisse où il fit effort pour éprouver des émotions aussi vives que dans les Pyrénées (septembre 1836).

Avec l'automne, il retrouva ses occupations ordinaires; puis vinrent, après la vendange, après les pêches, les jours d'hiver, tristes et vides; il vécut alors dans son atelier; le travail seul pouvait adoucir, pour lui, les amertumes de la solitude, et il travailla plus qu'il n'avait fait jusque-là, d'abord un peu par nécessité, par raison, puis avec entraînement, jusqu'à l'excès.

Les souvenirs récents de ses deux voyages sollicitaient à l'envi sa fantaisie; il se hâta de reprendre ses vues de *Berne*, de *Giswil*, de *Stanz*, de la *Cascade de Reischenbach*, ses études des *Environs de Pau*; et non-seulement il en agrandit les dimensions et en serra de plus près tous les détails, mais il osa les peindre et s'efforça de rendre avec le pastel la précision des formes, la diversité et l'harmonie des couleurs du paysage.

Il entreprit même de faire du paysage un fond de scène et jeta, au premier plan, là un convoi surpris par une *Embuscade*, ici des *Contrebandiers* arrêtés au bord d'une rivière. Dans ce dernier tableau, les figures avaient une certaine importance; la scène est complète, chacun des trois personnages a son attitude, sa physionomie indiquée d'une façon sommaire, avec sobriété, mais avec justesse : le plus jeune est debout, l'œil fixé sur l'horizon, tout prêt à se remettre en marche; les autres sont assis et, avec l'insouciance de gens endurcis depuis longtemps aux alarmes comme aux fatigues du plus aventureux des métiers, laissent nonchalamment errer leurs regards sur les deux rives, tandis que les chiens, enveloppés de sacs et haletant sous leur fardeau, attendent le signal pour franchir le gué. Mais le principal mérite de ce tableau est dans l'accord du lieu de la scène avec l'action, dans le choix des lignes vagues de l'horizon, des couleurs vaporeuses du ciel. C'est là surtout qu'on sentait percer enfin la vocation du paysagiste.

Les soins que réclamait sa santé, toujours languissante, le remirent à propos en présence de la nature. Envoyé à Aix, il traversa les Vosges, le Jura, revit Genève, parcourut la Savoie et une partie des Alpes; il peignit sur place une *Chaumière aux environs d'Aix* et une *Vue du Mont-Blanc*, dont la vérité pittoresque l'emportait sur tout ce qu'il avait fait dans les Pyrénées et en Suisse.

Il revint au milieu du mois d'août, tout exprès pour aider à l'organisation d'une seconde exposition de peinture que la Société des amis des arts avait dû avancer de près d'une année pour la faire coïncider avec la cinquième session du congrès scientifique, tenue à Metz en 1837, et qui s'ouvrit au mois de septembre. Elle fut, contre toute attente, après un si court intervalle, plus nombreuse que la première, plus importante, et montra ainsi combien l'impulsion donnée en 1834 et en 1836 avait été féconde.

Les quatre comptes rendus publiés à cette époque attestent que les œuvres d'A. Rolland y furent accueillies avec une faveur particulière. C'était trop sans doute de lui accorder, comme je vois qu'on le fit dans la *Gazette de Metz*, les honneurs d'une exposition où parut le beau tableau des *Moissonneurs*. Mais on comprend que les critiques se soient rencontrés jusqu'à se servir, sans le vouloir, des mêmes expressions, et qu'en applaudissant aux progrès rapides faits en général par tout le monde, ils aient parlé des progrès « immenses » d'un artiste qui, n'ayant fait encore que de simples études de nature morte et d'agréables vignettes à la mine de plomb, rentrait tout à coup en ligne avec des peintures telles que les *Contrebandiers*, l'*Embuscade* et le *Gave de Pau*.

Tous ces éloges, bien qu'il les trouvât excessifs, et surtout les instances de quelques amis, le décidèrent à tenter, sans plus tarder, la grande épreuve; en 1839, il envoya au Louvre six pastels : les *Blessés*, l'*Enrôlement du bandit*, deux *Souvenirs des Alpes*, des *Vaches en pâture* et un *Coucher de soleil*, qui ressemblaient davantage au pays messin.

Par une rencontre sur laquelle il ne faut jamais compter, même avec un grand talent, lorsqu'on arrive de si loin, les modestes ouvrages d'A. Rolland ne passèrent point inaperçus. La nouveauté du genre piqua la curiosité; M. Maréchal n'avait pas encore exposé à Paris; on se demanda comment M. Rolland avait su, à l'aide des couleurs « les plus ingrates, les plus molles, les moins transparentes », obtenir de tels résultats. Toute question de procédé mise à part, on loua le peintre dans d'autres journaux que son journal, signalant à l'attention du public la variété de ses compositions, son dessin correct et piquant, l'agrément de son coloris.

En voyant le succès couronner si vite des efforts qui lui avaient si peu coûté, il ne lui était plus permis de douter de lui-même; décidément il avait trouvé sa voie, et quatre années d'un travail qui semblait destiné à le rendre heureux lui avaient suffi en outre pour réparer tout le temps perdu.

Il lui restait à choisir un genre, pour y concentrer ses efforts et se faire une manière qui fût bien franchement à lui. Jusque-là on voit qu'en choisissant le motif de ses tableaux, il allait un peu à l'aventure.

C'est la contagion de l'exemple, le voisinage de M. Maréchal, de M. Penguilly, de M. Faivre, qui l'avait entraîné vers des sujets pathétiques, tels que l'*Ouvrier sans travail*, les *Émigrants alsaciens*, ou fait céder, lui aussi, à ce goût pour les costumes du moyen âge, que la vogue croissante des romans de Walter Scott avait vulgarisé à Metz comme par toute la France, particulièrement de 1834 à 1838. Il s'était tiré d'affaire, on peut le dire, en homme d'esprit; mais aucun compliment ne pouvait le tromper lui-même, ni lui faire oublier ce qu'il faut de science acquise et de pratique pour oser peindre des figures.

En fait de paysage, il avait également commencé par voie d'emprunt, aimant à représenter des pays lointains qu'il n'avait fait que traverser, retenu çà et là au bord de la route par une impression vive, mais soudaine et passagère. De ce côté encore, son fonds allait être bien vite épuisé.

Pour échapper à ce péril, il n'eut qu'à s'abandonner librement à ses instincts; dans l'hiver qui suivit son premier salon, au moment même où il faisait reconstruire le clocher de Rémilly (1840), l'esprit de clocher le ressaisit dans son atelier, et presque sans transition, écartant toute pensée venue du dehors, il se mit simplement à peindre ce qu'il avait sous les yeux, ce qu'il aimait et savait par cœur depuis l'enfance. De ce jour-là on put vraiment le féliciter de ne marcher sur les pas de personne, de n'avoir pour maître que la nature.

En même temps l'unité se fit dans sa vie, si décousue en apparence; il se trouva que l'oisiveté capricieuse de sa jeunesse, ses souvenirs les plus lointains, ses plus vagues rêveries, et les remarques faites et les émotions ressenties dans les bois, au bord de l'étang, le long des haies, devenaient pour lui une source d'inspiration et allaient donner à son talent l'originalité.

Il le comprit à propos, et pour s'affermir lui-même dans sa résolution, il n'envoya au salon de 1840 que deux tableaux, deux paysages, pris l'un et l'autre à sa porte : un troupeau de vaches passant un gué sous les vapeurs transparentes du brouillard qui se dissipe; des sangliers couchés dans une clairière de la forêt de Rémilly, et qui se dressent en entendant la cime des chênes frémir aux premiers souffles de la brise.

Presque tous ses tableaux, à cette époque, ont des sujets analogues; les figures y sont peu nombreuses, de petites proportions, entièrement subordonnées au paysage : tels sont, par exemple, les chasseurs groupés au pied de ce *Chêne des Menteurs*, où la tradition veut que les derniers venus de la bande prêtent solennellement, à tour de rôle, le serment de ne plus dire la vérité; la pauvre *Macapou* gardant, au milieu des chaumes, son troupeau de porcs; ou les *Chevriers* arrêtés au bord du ravin, et qui ne font, eux et leurs chèvres, qu'égayer les premiers plans, tandis que les yeux se portent à l'horizon vers un épais massif de beaux arbres en pleine lumière.

A peine retrouve-t-on quelques sites pris, non pas même de l'autre côté de nos frontières, mais sur les plateaux du Jura ou dans le pays de Bitche. Le paysagiste s'est enfermé volontairement dans un cercle plus étroit; *Environs de Rémilly, Bords de la Nied, Queue d'étang, Mare dans les bois, Étude de chêne, Étude au 15 juin* ou *au 15 septembre*, tels sont désormais les titres qui s'attachent au souvenir de ses ouvrages les plus remarqués, de ceux où il réussit à laisser un double charme, la poésie et la vérité.

En 1841, il envoya au Louvre, avec le *Moulin de Haspelscheidt*, souvenir d'une excursion récente dans la Lorraine allemande, deux *Loups* et une *Troupe de sangliers*. C'étaient des peintures franchement naïves : ici, un pauvre moulin, un hameau triste et sans ombrage, à demi caché dans un pli de terrain, qui se fait petit, dirait-on, sous la nuée chargée de pluie que le vent balaie avec la fumée au-dessus des toits; là, près de la louve fatiguée, le loup qui guette, debout et l'oreille haute, et, sous un ciel froid, dans le crépuscule, des sangliers qui marchent en bande et s'apprêtent à changer de pays.

Le succès de ces trois tableaux fut de bon aloi : ils causèrent quelque surprise (et le peintre l'avait bien voulu ainsi) aux bonnes gens qui aiment mieux parler de la nature que de la regarder en face; en revanche, ceux qui savent jouir du spectacle de la campagne et de ses plaisirs retrouvaient, à la vue de ces peintures, la vivacité de leurs impressions personnelles, et les chasseurs furent des premiers à proclamer qu'il n'était personne, parmi les peintres de chasse à la mode, qui sût reproduire d'une manière plus expressive ni plus vraie les mouvements et la physionomie des animaux.

La vérité devenait donc le caractère essentiel de ses ouvrages, mais non la vérité copiée sans choix, froidement exprimée par une main servile. A. Rolland avait à la fois l'instinct de la naïveté et le sentiment de la grâce; laissant à d'autres leur goût malsain pour ce qui est tourmenté, violent, bizarre, il aimait à présenter la nature sous ses aspects les plus aimables. Parfois il s'exhale de l'excessive simplicité des premiers plans, de la monotonie des lignes de l'horizon, des couleurs effacées du ciel, comme un parfum d'involontaire et douce tristesse. Le plus souvent, le paysagiste se plaisait à faire rêver, sous de beaux ombrages, au bruit de l'eau qui s'écoule, bien loin du monde, les douceurs de la solitude et une indolente sérénité.

Parmi les seize pastels qu'il exposa en 1842 à Metz, celui qu'il préférait lui-même était le *Chaume*, écho lointain, mais fidèle, de ces strophes mélodieuses murmurées près de la rive par une voix inconnue et qui font tressaillir un cœur de quinze ans :

« Toi qui, du haut des grèves,
Rêves
L'île qu'on voit là-bas,
Et qu'avec tant d'ivresse
Presse
Le fleuve entre ses bras,

» Descends dans ma nacelle,
Celle
Où l'on ne tient qu'à deux,
Et dont la voile blanche
Penche
Sur le flot hasardeux.

» Cette île est mon royaume,
Chaume
Où je sommeille en paix,
Où le feu que j'allume
Fume
Dans des arbres épais.

La barque enchantée, les flots hasardeux ont disparu; le peintre n'a montré que la chaumière qui fume perdue dans les arbres, par une de ces journées paisibles où l'on ne voit pas un nuage errer sur l'azur du ciel, où l'on n'entend pas un souffle de vent glisser sur le feuillage immobile.

J'ai vu, pendant l'automne qui suivit, Charles Mannier, ce jeune peintre, mort avant l'âge, qui faisait de si belles fleurs à l'aquarelle, j'ai vu aussi, huit ans plus tard, André Malardot, notre habile graveur à l'eau-forte, copier le *Chaume;* tous deux se plaignaient de n'avoir point une peinture plus achevée à reproduire : le ciel était vide, la cime des arbres à peine indiquée; ils voulaient suppléer à ces négligences du peintre. Le pastel de Ch. Mannier, comme l'eau-forte de Malardot, était d'un maître; mais, sous le crayon précis et ferme de l'un, sous le burin spirituel de l'autre, où se sont enfuis le chant et le rêve?

» Là, je vis sans que l'heure
Pleure
Dans l'air en s'envolant,
Sans que la voix du monde
Gronde
Mon bonheur indolent. »

Le *Village lorrain* exposé à Paris en 1844 couronne cette heureuse série ouverte par le *Ruisseau dans les bois* et la *Forêt de Rémilly*. Sous une forme plus châtiée et assez voisine de la perfection, il en résume toutes les qualités. Le peintre venait précisément de retremper son talent par une assez longue suite d'études d'après nature (1843). Mais, selon sa coutume, il s'est inspiré librement de ses souvenirs; le village qu'il a peint rappelle un peu celui de Luppy; assurément les gens de Luppy diraient, en le voyant : « Ce n'est point là notre village; » en revanche, il n'est pas de lorrain qui ne dise au premier regard : « C'est bien là notre Lorraine. »

Un chemin sans limites précises qui tourne en montant, des maisons basses, percées irrégulièrement, couvertes de tuiles creuses, dominées à peine par la flèche aiguë du clocher et par les restes d'une tour massive; de tous côtés, des vergers clos par des haies et des palissades; au bout du village, les eaux tranquilles d'un étang; à l'horizon, des côtes aux formes indécises : voilà ce que le peintre n'avait pris, à proprement parler, nulle part, et ce que chacun, devant son tableau, reconnaît pour l'avoir vu partout.

Il était difficile de rendre d'une manière plus fidèle la physionomie générale de tout un pays, ses formes les plus ordinaires et son atmosphère habituelle. L'air est assez limpide, le ciel bas, mais sans menaces, éclairé par des lueurs pâles et douces : le jaune s'amortit dans les nuages comme le vert dans les arbres des vergers et à la lisière des bois; le bleu même s'efface; dans cette harmonie, voilée, mais pénétrante, ce sont les tons gris qui dominent, donnant à l'ensemble du paysage son caractère de simplicité naïve et de vague mélancolie.

Tandis que ces progrès se marquaient dans la composition de ses paysages, A. Rolland s'était fait pour les exécuter une manière qui ne lui était pas moins propre que sa façon de sentir; timide, au reste, et peu variée : ce qui venait en grande partie d'un expédient qu'il imagina, dont il se servit avec bonheur, dont il avait fini par abuser. Les points brillants dans les dessins qu'il fit à cette époque, n'étaient que par exception les touches libres de son crayon; il se bornait le plus souvent à découvrir avec la pointe d'un grattoir un ton chaud recouvert par un ton plus froid qu'il avait commencé par étendre sur le papier. Il trouvait ainsi très-vite et sans beaucoup de peine les effets piquants; mais il en devait résulter dans son travail une monotonie qui ne tenait pas moins à l'uniformité du ton primitif qu'à celle du procédé. On sent ce défaut dans la plupart des tableaux faits de 1840 à 1845, qu'il n'a pas eu l'occasion de retoucher par la suite.

Il l'a fait aisément disparaître dans sa *Forêt de Rémilly;* on ne l'a jamais senti dans le *Village lorrain*, qui est aussi bien peint qu'il est bien conçu; le dessin est précis, sans sécheresse; la couleur discrète, mais harmonieuse et souple. De très-bons juges estiment, qu'arrivé à ce point du développement de son talent, A. Rolland n'avait plus besoin de chercher à étendre, ni à renouveler ses moyens d'expression; ils pensent qu'en voulant gagner davantage il risquait de perdre, qu'il a perdu, en effet, à se faire une manière nouvelle, plus vigoureuse peut-être, mais moins serrée et moins expressive.

Il peut sembler qu'A. Rolland leur a donné raison pendant les deux ou trois années qui suivirent les *Études de chênes* et le *Village lorrain*. Au mois d'avril 1845, il partit pour Paris, voulant, disait-il, y passer tout juste le temps nécessaire pour parcourir l'exposition de peinture, chose qu'il n'avait point faite depuis cinq ans. D'une semaine à l'autre il s'y laissa si bien retenir, qu'à grand'peine se remit-il en route au bout de quatre mois, non sans avoir promis de revenir l'hiver suivant.

J'étais alors à l'École normale, et vis très-souvent mon oncle pendant ces deux séjours, où je commençai à le connaître véritablement et où se forma entre nous, pour la première fois, une communion d'idées et de sentiments qui devint plus étroite avec les années. On me pardonnera de revenir sur ces souvenirs avec complaisance; je parlerai d'ailleurs sans illusion de deux années qui n'ont été (je l'ai déjà dit ailleurs) qu'une époque de transition pour l'auteur du *Village lorrain* et des *Mares de Breuil*.

Il commença par remplir en conscience l'objet principal de son voyage, et vit de la peinture « à en être bête. » Au Salon, il examina surtout des paysages de Cabat, de Flers, de Jules Dupré, alors dans toute la fleur de son talent; Aimé de Lemud, qui faisait à ce moment le premier de ses dessins sur les chansons de Béranger (les *Étoiles qui filent*), le conduisit dans l'atelier de Marilhat; il retourna souvent au Louvre étudier Ruysdaël et les bons flamands, « qui valent bien les modernes », écrivait-il. Tandis qu'il se livrait, sans réserve, à toute la diversité de ses impressions, le désir de travailler s'empara de lui, moins encore pour remplir le vide de ses journées que pour donner une forme aux images confuses qui obsédaient sa pensée.

C'étaient en partie des réminiscences; par un changement de vie trop brusque, il voyait la nature à distance, et nécessairement il s'accoutumait à la voir un peu par les yeux des autres, ou, s'il eut occasion de faire quelques dessins en plein soleil, ce fut en courant, et le peintre de la Lorraine se trouva dépaysé dans la forêt de Fontainebleau (juin 1845).

Il fit alors, dans son petit salon de la rue du Helder, une trentaine de paysages, que les marchands vinrent disputer à ses amis sur son chevalet, qu'à peine avait-on le temps de voir esquisser, finir, mettre et remplacer à une montre du boulevard des Italiens; on admirait une promptitude de pensée et d'exécution dont il fut surpris et dont il s'amusa lui-même. Dans chacun de ces pastels improvisés du matin au soir, il y avait je ne sais quel air de verve qui charmait au premier regard. Malheureusement, le charme n'était guère qu'à la surface, dans des œuvres légères, qui ne portaient plus la marque ni d'une impression personnelle sincère et profonde, ni d'un travail recueilli.

Il y avait pourtant sous ces badinages quelque chose de sérieux; tout en se jouant, le peintre avait une arrière-pensée; sans beaucoup d'efforts et sans aucune suite apparente, il cherchait à se faire une manière nouvelle. Il cherchait un peu au hasard, dans des voies diverses : déjà, pendant les derniers mois de l'hiver qui précéda son voyage, il avait essayé de peindre à l'huile. A Paris, une de ses joies, je m'en souviens, fut de retrouver Fratin, son compatriote, qui, précisément, l'entretint du désir de faire un sanglier et un loup; il s'empressa de mettre au service du statuaire ses souvenirs de chasseur, et prit tant de plaisir à voir pétrir la terre glaise, qu'il voulut la pétrir aussi, modela, de moitié avec Fratin, le sanglier, et pour son propre compte, un *Lièvre mort*.

Le modelage eut cet avantage de lui faire sentir la nécessité d'accuser plus nettement les formes en dessinant. En même temps, les retours qu'il faisait sur ses propres ouvrages en voyant ceux des plus habiles, lui montrèrent ce qui manquait à sa couleur; il se demanda comment faisaient Jules Dupré, Diaz, Troyon, comment avaient fait les maîtres; il tenta de faire comme eux; bientôt ce qui était un jeu devint une étude, il fit effort et rapporta pour le Salon de 1846 six pastels dont on admira l'exécution hardie et nerveuse.

Je n'ai rien à dire des *Muletiers catalans :* c'était un pastiche. Le *Pavillon* présentait la nature sous une forme choisie, coquette, un bout de parc au lieu d'une lisière de bois. Le *Coup de vent*, la *Pâture dans les bois*, la *Pêche à la ligne*, et surtout la *Chaumière lorraine*, avaient un accent de vérité plus sensible : le peintre y avait fait déborder la séve; il y avait semé à pleines mains la lumière. Toutefois, ce n'étaient encore que des essais. Des exagérations, des disparates trahissaient l'inexpérience et surtout le parti pris trop manifeste d'oser beaucoup.

L'épreuve n'était donc pas complète : pour satisfaire un goût éclairé, il fallait obtenir l'effet d'une manière plus sûre et moins violente, modérer et fondre les nuances; le peintre devait surtout, s'il voulait retrouver l'émotion qui fait la poésie du paysage, redevenir assez maître de ses moyens d'expression pour les faire oublier, pour les oublier lui-même, et se remettre à dire ingénument, dans une langue plus riche et plus souple, ce qu'il avait de meilleur à dire. Y réussirait-il? La question ne fut résolue pour le public, d'une manière définitive, que plusieurs années après le Salon de 1846, lorsque A. Rolland, qui n'exposait plus à Paris, exposa à Metz les *Mares de Breuil* (1850), puis les *Roseaux de Bouligny* (1852).

L'exposition rétrospective organisée par la Société de l'Union des Arts (juin 1852) permit d'établir entre les deux manières d'A. Rolland une comparaison décisive. On y revit avec intérêt les tableaux qui avaient fait époque dans les commencements de sa carrière artistique; mais ses œuvres les plus récentes attestaient, de la façon la plus évidente, un nouveau progrès; les tâtonnements ne s'y laissaient plus deviner; l'œil n'y suivait plus à la trace ni la pointe du crayon, ni celle du grattoir; on pouvait même, sans trop d'effort, oublier que les couleurs étendues sur le papier n'étaient qu'une poussière subtile exposée à se dissiper quelque jour sous un rayon de soleil; une main adroite et ferme avait su triompher de l'insuffisance des moyens qu'elle employait, ou tout au moins à les déguiser; et cette fois il était permis de dire sans complaisance, devant les paysages d'A. Rolland, comme devant les fleurs de Mme Sturel ou de Mlle Mélanie Paigné, ce que tout le monde a répété devant les merveilleux pastels de M. Maréchal, qu'il ne manquait plus au pastel que peu de chose pour atteindre à la puissance de tons, à la souplesse et à la transparence de la peinture à l'huile.

Ce fut pour A. Rolland l'époque de ses succès les plus mérités; devenu plus habile, il en tirait parti pour redevenir plus simple et plus vrai. Les *Mares de Breuil*, les *Bords de la Nied, Octobre*, les *Cochons à la lisière d'un bois*, remettaient de nouveau sous les yeux la nature de notre pays, étudiée avec autant de sincérité, interprétée avec autant de justesse que dans les plus achevés de ses ouvrages antérieurs; le dessin en était peut-être moins serré dans les détails, mais un parti plus franc, une couleur plus puissante y mettaient une vie qu'on ne sent pas encore au même degré dans les *Villages* ni dans les *Cherriers*. Jamais ni lui, ni personne n'avaient ainsi saisi au vif la végétation robuste, un peu courte, un peu trapue, de nos clair-chênes, les herbes humides de nos prairies basses, l'eau endormie des mares, des étangs, des petites rivières à pleins bords qui coulent à peine sur une pente insensible entre les vannes de deux moulins; les nuages qui se meuvent lentement sur les profondeurs d'un ciel voilé, rasant de leurs brumes aux formes changeantes la cime des chênes, dont les premières gelées font rougir les feuilles, et les branches jaunies des peupliers.

Il avait rencontré l'énergie sans trop sacrifier les qualités qu'elle exclut presque toujours; et ceux qui, dans les arts, sont peu sensibles à l'expression de la force, ont pu suivre de préférence, parmi tant d'œuvres plus accentuées, une veine heureuse de petites compositions véritablement exquises qui se continue par intervalles depuis les *Vaches sur des rochers* (1846) jusqu'au *Crépuscule* où trois cigognes se détachent comme des points blancs sur une eau décolorée et des roseaux à demi noyés dans l'ombre (1855). Je ne puis que rappeler le *Clair de lune*, les *Chênes*, le *Soleil couché*, des croquis de *Chevaux en pâture*, de *Bords de la Nied*, que l'artiste s'est plu à garder longtemps dans son atelier. Les deux vaches sous une saulée dans des *Marécages*, les *Hérons* qui eurent tant de succès à l'exposition de 1850, le *Renard assis* dont tout le monde à Metz se rappelle la mine équivoque et l'air de sournoise malice, représentent dans l'Album des *Œuvres d'A. Rolland* une série qui tiendrait assez peu de place si l'on se bornait à compter et à mesurer les tableaux, mais qu'il serait injuste de laisser dans l'ombre parce qu'elle a contribué pour une très-grande part à la réputation de l'artiste.

A. Rolland peignait ainsi, tour à tour avec cette énergie et avec cette délicatesse, lorsqu'il peignait, pour se satisfaire lui-même et dans toute la liberté de son inspiration. Mais sa nature facile se pliait sans peine à d'autres exigences; comme peintre, aussi bien que comme architecte, il avait l'entente parfaite de tout ce qui contribue à l'harmonie d'une décoration, et peu d'artistes, si je ne me trompe, se sont fait une idée plus juste de ce que la peinture de paysage est appelée à faire pour embellir et pour égayer un salon. Il choisissait alors des sites, des horizons, des effets de couleur et de lumière où domine, au lieu de la vérité naïve, prise un peu crûment sur le fait, une élégance exempte au surplus d'afféterie et assez voisine encore de la nature. Tel était le caractère de la *Pêche à la ligne*, de la *Lecture*, de la *Promenade sur l'eau*, des *Vaches qui s'abreuvent au fond d'un ravin*, dans un bois de hêtres, de ces *Vaches au gué*, de ces *Hérons sous des saules* ou *dans les roseaux* dont il a dû faire tant de variantes.

On trouve quelque chose de plus, la préoccupation du style et un sentiment presque classique dans un motif qu'il reprit vers la même époque et traita sous bien des formes avec une persévérance inaccoutumée. C'était un souvenir des Hautes-Pyrénées, où l'on rencontre souvent dans la montagne des étables rustiques, simplement adossées à des rochers, recouvertes par des branchages que supportent des troncs de pins : les uns disposés en travers comme les architraves, les autres plantés dans le sol comme les colonnes massives, sans base et sans chapiteaux, des plus anciens temples doriques. Ces constructions élémentaires ont une simplicité noble et un air de force qu'il s'efforçait d'exprimer; il aimait à jeter en avant des colonnes le taureau, les vaches, le pâtre, dans l'attitude immobile et silencieuse d'une statue; mais pour rendre au fond de la scène la poésie grandiose qui devait la faire ressortir, il aurait eu besoin d'aller raviver à leur source des impressions trop lointaines et déjà presque effacées.

Il sut mettre avec moins d'efforts une poésie plus pénétrante et quelque noblesse aussi dans une de ses esquisses les plus heureuses : les *Roseaux de Bouligny*. Son cher étang de Bouligny qu'il avait tant regardé, avec les yeux du maître, ceux du chasseur, ceux de l'artiste, devait l'inspirer mieux que les Pyrénées, revues à travers des souvenirs qui remontaient à près de vingt années. Il l'a reproduit deux fois à un très-court intervalle, dans deux tableaux qui semblent à peine se rapporter aux mêmes lieux et appartenir au même peintre.

L'un fait une large part à la rêverie : c'est au retour de la chasse, un soir, après le soleil couché, qu'une sorte de mirage fit flotter devant ses yeux, dans les lueurs douteuses du crépuscule, les rives qu'il venait de planter, telles que le héron voyageur les trouvera peut-être un jour lorsqu'au-dessus de la forêt de roseaux les sapins balanceront leur cime élancée.

Dans l'*Étang de Bouligny*, la vision s'est évanouie; c'est la réalité présente que l'artiste s'est attaché à peindre; les hérons solitaires ont cédé la place à des filets, à une nacelle, à trois pêcheurs de physionomie et d'attitude communes; le bois de sapins et ses profondeurs mystérieuses, à quelques têtes de saules, dépouillées et grêles, sur des rives nues; de toutes parts, des lignes vagues, une plaine monotone; mais cette monotonie de l'horizon et ces formes d'apparence indécise sont un des éléments essentiels de l'harmonie dans une composition très-simple, où l'on ne trouve pas trace de parti pris. Point de parti pris non plus dans le jeu de la lumière, également répandue au ciel, sur la nappe d'eau et sur ses rives; le soleil égaye doucement un paysage qui, sans éblouir les yeux, a pour irrésistible attrait le calme profond qu'il respire et son entière naïveté.

Fait au lendemain de l'Exposition de 1852, l'*Étang* peut passer pour le dernier mot d'A. Rolland, comme paysagiste; aussi tient-il dignement sa place au musée de Metz, où il suffirait pour donner la juste mesure d'un talent original arrivé à sa pleine maturité.

Les *Mares de Breuil* et l'*Étang de Bouligny* ont donc marqué pour cette seconde partie de la carrière artistique d'A. Rolland (1849-1853) les deux termes qu'avaient marqués pour la première la *Forêt de Rémilly* et le *Village lorrain* (1840-1844). Il devait ressaisir l'originalité comme il l'avait trouvée d'abord, en se recueillant dans la contemplation des horizons familiers et dans les souvenirs de toute sa vie.

Un dernier mouvement de curiosité le conduisit à Paris encore une fois pour y voir l'Exposition universelle de 1855. Du reste, il cessa d'aller même à Metz, et comme il était assez inutile de garder à la ville un logement dont il avait déjà presque oublié le chemin, il renonça définitivement en 1850 à ce modeste atelier de la rue du Heaume où ses amis avaient pris plaisir à le voir travailler douze hivers de suite (1837-1848).

Éloigné de Paris, sorti de Metz, il redevenait plus que jamais le peintre des bords de la Nied; pendant les dix années de vie qui lui restaient, il a voulu être et il a été uniquement l'homme de Rémilly.

Il n'est pas besoin de lui avoir tenu de près par les liens du sang pour éprouver une émotion involontaire en revoyant la demeure qu'il avait construite, où il a vécu, où il est mort. Jamais la grille du jardin n'était fermée, ni aucune des portes de la maison : les enfants jouaient au pied des noyers, dans la basse-cour, devant les volières; les passants se promenaient autour des pelouses; ils entraient voir les tableaux, les collections; le maître débonnaire les accueillait avec un sourire dans sa chambre, dans son atelier, dans l'espèce de *stube* à l'allemande où il passait presque toutes ses soirées. Ce qu'on avait vu, dans ces visites rapides, de meilleur et de plus aimable, c'était sa personne.

La plupart des portraits d'A. Rolland, ceux mêmes dont la ressemblance n'est pas douteuse, lui donnent pourtant des traits durs et une expression sévère; la nature l'avait fait brusque et capable d'emportements : qui l'aurait cru en le voyant si égal dans son humeur, si simplement affable pour tout le monde, et d'une patience inouïe, même avec les importuns?

Il est vrai de dire qu'il n'y avait pas d'importuns pour lui : il savait voir, avec une admirable promptitude, chacun par son beau côté, et prenait d'ailleurs un tel plaisir à observer en silence qu'un sot même était pour lui un curieux sujet d'étude et l'amusait, à défaut de mieux, ne fût-ce que par sa sottise et ses ridicules.

Puis, s'il était réduit aux dernières extrémités, il avait encore, pour prévenir la lassitude, une ressource toute prête : sans faire un pas et sans changer de visage, sur-le-champ il échappait à l'ennui et se dérobait aux ennuyeux; ils pouvaient aller, venir, rester de grandes heures, parler toujours et parler haut, sans que pas un s'avisât jamais de remarquer que l'artiste, tout entier à ses crayons et à son rêve, ne répondait plus; au milieu du bruit, il était seul; le soir venu, les bavards partaient heureux qu'on les eût si bien écoutés, et le peintre satisfait d'avoir fini son tableau.

Mais si une rencontre plus favorable lui amenait pour visiteur ou pour hôte, un homme sensé, un vieil ami, un amateur de bon conseil, un peintre qui se mît à peindre à côté de lui, alors son esprit était doucement partagé : sensible aux agréments d'une conversation solide ou enjouée, il écoutait surtout volontiers, prenait à son tour la parole sans empressement, et fournissait sa part de réflexions et de souvenirs : contant à merveille, avec une justesse d'expression et une sobriété de trait qui montraient au vif ce qu'il disait avoir vu et faisaient tout comprendre à demi mot; jugeant les hommes et les choses d'une façon prompte, discrète et fine, comme il convenait à un lecteur assidu de La Rochefoucauld et de La Bruyère; sans illusion, mais sans amertume : une parfaite droiture de sens l'avertissait que la mesure est une des conditions de la justice, et, par l'extrême facilité de son caractère, il inclinait toujours vers l'indulgence.

Il inspirait une telle confiance que peu d'affaires délicates se réglaient autour de lui sans lui avoir été soumises; on les discutait le matin, à son chevet, le soir, au coin de sa cheminée ou sur un banc de son jardin. Tel était aussi le rendez-vous ordinaire de la famille nombreuse dont il était bientôt devenu le chef, par un consentement unanime, remplissant, avec un rare mélange de prudence et de bonté, le rôle honorable, mais délicat, que son esprit de justice, son penchant à la bienveillance, la solidité de ses conseils jointe à la douceur de son commerce, lui avaient d'avance assigné mieux que ne l'aurait fait le privilége de l'âge.

A la mort de J. F. Rolland, la plupart de ses enfants étaient dispersés; mais les absents désiraient tous revenir : A. Rolland les y aida. « Serrons bien nos rangs, vivons unis », écrivait-il un jour à l'un de ses frères. Dix ou douze ans plus tard, frères et sœurs, tous ceux qui vivaient encore, étaient rentrés à Rémilly. Les maisons avaient fait défaut, et même la place pour en construire; il laissa ses sœurs prendre dans son clos pour y planter, pour y bâtir; la seule condition fut qu'il n'y aurait de limites que sur le papier; point de clefs et point de clôtures; les jardins étaient confondus; et, de même que, chez les autres, il était encore chez lui, on eût dit que sa maison, son jardin, tout ce qu'il possédait en propre sous le soleil appartenait à tout le monde.

S'il aimait à faire le bonheur d'autrui, ce n'était pas seulement dans sa famille et dans sa maison. On a pu graver sur sa tombe ces mots vrais à la lettre : « Rémilly garde le souvenir de ses bienfaits. » Ni le temps, ni l'ingratitude même, n'en sauraient effacer la trace.

Maire de sa commune pendant seize ans (8 décembre 1834-16 juin 1850), il avait marqué son passage par quelques travaux utiles. Sur toutes choses, il avait hâté de son crédit, de son argent et de ses peines, la construction de la route qu'il réussit définitivement à faire passer non-seulement sur la rive gauche de la Nied et à Rémilly, mais dans l'intérieur du village (ce qui avait aussi fait question). Pour y rattacher la grosse commune de Béchy, il s'était hâté de faire un chemin qui n'était pas encore classé et qui fut alors proposé comme un modèle pour les communications vicinales. Il releva l'église qui était insuffisante et délabrée, et se consola de n'être pas assez riche pour la faire belle en y ajoutant du moins un clocher dont une paroisse rurale avait le droit d'être fière. Enfin, il avait fait construire une école des filles, séparée de l'école des garçons, fondé un asile et secondé ouvertement les premiers efforts tentés pour le développement de l'enseignement primaire par son ami de toutes les heures, Louis-Charles Valette, qui publiait alors ses *Simples leçons* de grammaire française, de géographie, d'arithmétique, son *Notre-Père* (1842).

Le 23 avril 1848, l'inspecteur gratuit des écoles du canton de Pange fut envoyé à l'Assemblée constituante par soixante-dix-neuf mille suffrages. Au bout d'un an, les deux amis reprenaient leur vie, un instant troublée. Dans le cours de cette seule année, ils avaient vu le suffrage populaire acclamer, puis répudier la république qu'ils avaient toujours aimée; ils la regrettaient; mais leur sagesse et leur attachement au bien public les avaient mis au-dessus des regrets stériles; loyalement résignés à servir, dans les limites précises où les lois nouvelles enfermaient leur action, l'esprit de progrès, qui était le fond de leurs convictions politiques, ils s'attachaient à faire le bien selon leurs forces, et, sans trop de peine, ils finirent par oublier tout le reste.

La part de chacun fut mesurée à ses goûts, à ses aptitudes. Tandis que l'ancien représentant de la Moselle consacrait à l'administration d'une municipalité de huit cents âmes, une activité, une passion et des ressources d'intelligence dignes de servir, sur un théâtre moins obscur, des intérêts plus considérables, A. Rolland, resté par choix au second rang, lui prêtait l'utile concours de ses avis et de ses crayons. Par une singularité remarquable, il s'est trouvé qu'un simple village du département de la Moselle avait, comme les plus grandes villes, à des conditions que celles-ci envieraient sans doute, son avocat et son architecte; il y a plus: Rémilly avait son peintre ordinaire.

L'architecte avait des qualités précieuses; il joignait à la délicatesse du goût le sens pratique, et sentait parfaitement que la première loi, lorsqu'on est chargé de construire des édifices publics aux frais d'une communauté pauvre, c'est d'atteindre à l'élégance moins par la rareté des matériaux ou le luxe des ornements, qui font les devis ruineux, que par l'heureuse disposition des lignes dont l'invention de l'artiste fait tous les frais.

Sous ce rapport, il a laissé des modèles : à Rémilly même, une École des filles, un Asile avec son préau, une Maison des Pâtres, jolie et tout à fait rustique, qui a coûté ce que coûte une modeste maison d'ouvrier; et, dans le voisinage, une Mairie à deux étages, sur trois fenêtres de façade, si coquette à l'extérieur et construite à si peu de frais que, tout récemment encore, un conseil municipal déclarait à l'unanimité qu'il préférait à tous les dessins soumis à son choix, une « reproduction pure et simple de la mairie d'Adaincourt, dessinée par M. Rolland. »

La Mairie de Rémilly n'a pas précisément ce caractère; ainsi qu'on le pense bien, ce fut pour A. Rolland une œuvre de prédilection; il ne l'a négligée dans aucune de ses parties; une bonne distribution intérieure y a parfaitement ménagé toutes les convenances du service; divisé en trois parties qui se relient entre elles sans se commander, le rez-de-chaussée contient au centre une salle, je pourrais dire un salon, pour les réunions du conseil municipal et pour les mariages, et dans ses deux ailes, en regard d'une salle plus vaste pour les assemblées et pour les fêtes, une très-belle classe pour les garçons; le pavillon de l'étage sert de logement à l'instituteur chargé de régler l'horloge et de veiller sur les papiers du greffe.

Des trois façades que l'œil peut embrasser dans toute leur étendue, l'une est encore assez simple pour servir de type à des constructions rurales; c'est à peine si le ciseau a fouillé la pierre des croisées; sa beauté propre tient presque uniquement à l'ordonnance des lignes, aux proportions.

Pour la façade principale, et même pour un pignon très en vue qui donne sur la route, et que le passant regarde en face lorsqu'il s'arrête pour y consulter le baromètre et la mercuriale, l'architecte s'est livré davantage à sa fantaisie; il a eu recours au relief, et même un peu à la couleur pour rompre la monotonie des surfaces; le pavillon de l'horloge a peut-être même quelques ornements de trop : c'est là que se fait sentir ce *petit grain d'ambition* qui se trouve toujours quelque part dans notre vie et dans nos œuvres.

Toute la partie inférieure est plus modeste; les détails piquants prodigués dans l'encadrement des fenêtres portent la trace d'une facilité heureuse, mais d'un goût discret; ils ne sollicitent pas trop les yeux; la porte principale et les cinq fenêtres groupées autour d'elle ramènent l'attention au centre et conservent sans effort à ce gracieux édifice son harmonie et son unité.

La pierre sculptée est le luxe de l'architecture, on sait trop vite ce qu'elle coûte; mais la commune de Rémilly ne l'a jamais su. Les médaillons des *Quatre âges* placés entre les fenêtres du rez-de-chaussée, modelés par Ch. Pêtre, d'après les esquisses de Devilly, furent offerts à A. Rolland en témoignage de reconnaissance et d'amitié; il n'avait ordonné le reste que sous la condition expresse d'en faire les frais : singulier architecte, qui réclamait pour ses honoraires le droit de mettre les dépenses imprévues au compte de son plaisir personnel.

A son grand regret, A. Rolland n'était pas assez riche pour renouveler souvent de telles libéralités; il dépensait, bon an mal an, sans trop compter, ses neuf ou dix mille livres de rente; et, quoiqu'il ne se fût point marié, il se faisait scrupule de ne pas laisser intact le fond qu'il tenait de son père : c'était une de ses maximes, qu'on ne doit être prodigue que du bien qu'on a gagné soi-même.

Le travail lui offrit un moyen de concilier son désir de donner beaucoup avec la crainte de dépenser trop. Jusque-là, il avait semé ses tableaux autour de lui avec une prodigalité sans exemple; il suffisait de les désirer pour les obtenir; le plus simple était de venir les prendre sur son chevalet. On n'avait pu qu'à Paris, et non sans peine, le décider à vendre, en 1845 et pendant les deux années qui suivirent, vingt ou trente pastels dont le prix avait déjà été mis à part pour orner d'oiseaux empaillés une vitrine dans son atelier et offrir un meilleur piano à une de ses nièces.

C'était une perspective ouverte pour l'avenir : « Si cela dure, écrivait-il, nous pourrons dépenser l'argent à pleines mains pour les écoles. » L'idée lui revint en acquittant le mémoire des sculptures de la mairie; il prit le parti de vendre ses tableaux ouvertement, à la criée, trouvant là, en même temps qu'une ressource pour les besoins des autres, un moyen sûr d'apprendre par les enchères ce que valaient au juste les compliments qu'on prodiguait à son talent et dont il craignait d'être un peu la dupe.

Quarante-quatre de ses pastels furent donc exposés et vendus au profit des pauvres, le 24 mai 1855, dans le grand salon de l'hôtel de ville; il y avait foule, on s'anima; plusieurs tableaux, des *Cigognes dans un étang*, un *Épagneul sur des perdreaux*, belle ébauche faite en quelques heures, des *Cochons à la lisière des bois*, montèrent à des prix qui pouvaient passer à Metz pour fabuleux. La vente produisit plus de 14000 fr.; une estimation que le peintre avait donnée de très-bonne foi n'en promettait que la moitié.

Depuis ce jour, il a continué à vendre ses œuvres; et, dans le cours des trois années qui suivirent, il parvint sans peine à doubler encore la somme. Il y eut alors ce qu'il appelait lui-même le *budget des pastels*, ce que le maire de Rémilly appelait le *fond de réserve*. J'ai ce budget sous les yeux; tenu par un tiers avec la plus grande exactitude, il vaut bien la peine que je m'y arrête; les chiffres ici ont leur éloquence et sont des traits de caractère.

La plus grosse part fut pour les pauvres : elle leur avait été promise. Le donateur ne se refusa point le plaisir de distribuer lui-même les aumônes, pour ainsi dire, extraordinaires, acquittant pour ceux-ci de petites dettes, donnant à des malades le pain qu'ils ne pouvaient plus gagner, à un blessé, s'il le fallait, un peu d'argent, pour aller chercher aux eaux la guérison; mais suivant sa première pensée, une somme de 10000 fr. fut employée à assurer, par la donation d'une rente perpétuelle, la durée d'un bureau de bienfaisance qu'il avait été facile de fonder, mais qu'il était plus difficile et plus important de soutenir.

Il aimait à s'occuper des enfants; c'était un de ses plaisirs d'observer leurs penchants et leurs aptitudes naturelles, et, tout en les regardant jouer, de penser à leur avenir. Il voulait qu'on y songeât dès leurs premiers bégayements, qu'on s'occupât sans retard de leur ouvrir l'esprit, de leur apprendre à tous à lire, à écrire, à compter, et même un peu à raisonner, tout au moins pour se faire une idée juste de la vie.

C'est pourquoi nous l'avons vu prendre un si vif intérêt à un Asile dont il avait préparé, payé en partie, selon sa coutume, l'installation; où il allait volontiers, lui qui n'allait, pour ainsi dire, nulle part; l'air de fête de tout ce petit peuple qui commence à s'instruire et qui apprend à obéir en s'amusant, la vue des résultats obtenus d'une semaine à l'autre lui tirait quelquefois des larmes des yeux. Il habillait les enfants, donnait un piano pour régler les voix, faisait appel au pinceau de ses amis pour orner la salle, offrait ses jardins pour préau les jours de soleil.

L'excellente direction donnée aux écoles lui laissait peu de chose à faire de ce côté; le fond de réserve n'a servi qu'à essayer d'introduire dans le programme des exercices les premiers éléments de la musique, excellent moyen de discipline, quand même le zèle des deux maîtres successivement appelés par lui n'aurait eu aucune prise sur des oreilles trop accoutumées à un patois qui lui paraissait à lui-même assez pittoresque, mais le moins musical peut-être qui soit au monde.

Demandera-t-on où passa le reste? Il servit à satisfaire la dernière passion d'A. Rolland, sa passion pour l'embellissement de son village. Trois plans pittoresques de Rémilly et de son territoire, dressés par Denize, une belle verrière de Maréchal, représentant l'*Agriculture*, complétèrent la décoration intérieure de la salle du conseil, à la mairie.

Du reste, il avait déclaré la guerre, une guerre loyale, à toutes les bâtisses dégradées ou malpropres qui faisaient tache au bord des rues. Le maître de la maison était-il trop pauvre pour réparer lui-même sa toiture ou sa façade? A. Rolland usait d'adresse pour obtenir qu'on lui permît d'envoyer un menuisier, un maçon, un peintre. Sur ses dessins, et pour son compte, le toit était redressé, le mur crépi, badigeonné, percé de fenêtres, égayé par un treillage où grimpaient une vigne et un rosier. Du jour au lendemain, c'était un changement à vue; et voilà comment les promeneurs attirés en foule par une fête agricole (24 juillet 1853) et par l'inauguration solennelle d'une société de prévoyance (20 septembre 1856) s'en retournaient vantant partout la propreté, l'élégance, aussi bien que les habitudes hospitalières de Rémilly.

Les jardins de Rémilly ont tenu leur place dans le récit de ces deux journées : on savait qu'ils ont été, comme le clocher, comme la mairie, dessinés par A. Rolland. Architecte et peintre de paysage, il semblait doublement préparé à cette tâche dont il s'acquittait, du reste, avec soin, faisant ses tracés lui-même sur le terrain comme sur le papier, remettant souvent d'une année à l'autre pour étudier l'effet d'un massif et prendre son parti sur une éclaircie. Il se laissait volontiers guider par l'état des lieux, allant au plus simple, réglant, d'après les pentes naturelles, la courbe et les détours d'une allée, refaisant son plan plutôt que de sacrifier un bel arbre qui se trouvait sur le passage de ses jalons. Ici, du côté de la vallée, il fallait, sur toutes choses, découvrir franchement l'horizon, faire tomber tous les rideaux qui dérobaient aux yeux les sinuosités de la rivière et l'étendue de la prairie; là, il valait mieux donner un plus libre espace aux pelouses et les fermer par des massifs qui déguisent les chaumes arides et marient doucement leurs cimes à la cime des bois lointains, dorée par les derniers rayons du jour.

Effacer les limites, rompre la monotonie du paysage, imiter discrètement l'aimable facilité de la nature abandonnée à elle-même, telle était son étude, et il avait, je dois le dire, beaucoup à faire. Rémilly est placé sur un pli de terrain entre la prairie et une plaine : la plaine est triste, confuse, toute dépouillée; la prairie n'était guère moins nue au commencement du siècle : à peine quelques saules, et des peupliers en si petit nombre que je les ai entendu compter.

Dans ces déserts vagues, J. F. Rolland avait jeté les arbres à profusion; mais le plaisir des yeux n'entrait guère dans les calculs de sa prévoyance; il plantait d'après une méthode rigoureuse, toujours la même : dans les champs comme dans les plates-bandes de son parterre et dans les carreaux de son potager, le cordeau faisait la loi; derrière la vigne et les vergers, derrière les grands quinconces de pruniers dont la récolte alimentait une distillerie, on apercevait à tous les points de l'horizon des peupliers plantés en avenues le long des chemins, au bord des fossés et jusque sur la lisière des bois; au premier coup d'œil, on sentait partout la main des hommes et la marque d'une volonté.

Le père et le fils ont fait l'un après l'autre un Rémilly, pour ainsi dire, à leur image. Tout en profitant des éléments qui étaient sous sa main, le paysagiste a, peu à peu, proscrit l'équerre, rendu aux contours la souplesse, remplacé les plantations en lignes qui coupent la vue par les bouquets qui l'attirent et qui la conduisent en l'amusant, et, là où il avait trouvé l'uniformité et je ne sais quel air de contrainte et de tristesse, laissé, selon la grande loi que l'art emprunte à la nature, l'harmonie avec la diversité.

Il est temps d'aller retrouver le peintre dans son atelier, où, plus que jamais, il aimait à vivre. Les progrès d'une obésité maladive, dont il s'inquiétait sans la combattre, lui avaient ôté le goût de la promenade et même celui de la chasse; il n'y avait donc plus pour lui d'autre plaisir que ses crayons; aussi passait-il à son chevalet une partie de la matinée et l'après-dînée tout entière; chaque soir, même dans les plus longs jours de l'été, il s'y laissait surprendre par les premières ombres de la nuit. Jamais il n'avait travaillé autant, l'oisiveté forcée du corps semblait n'avoir eu d'autre effet que de surexciter l'activité de l'esprit.

Si pourtant l'on veut aller au fond des choses, il y avait bien quelque paresse aussi dans l'excès même de cette fécondité toujours croissante. A aucune autre époque, ses ouvrages n'avaient offert d'une manière aussi sensible ni les qualités de l'improvisation, ni ses défauts. Jamais il n'avait été aussi prompt à quitter une idée qu'il venait d'exprimer à demi pour en poursuivre une autre et pour l'effleurer encore. On le voyait multiplier les croquis et les ébauches, des croquis charmants, des ébauches magistrales, et rarement il avait assez de courage et de patience pour se recueillir sur un tableau et pour en serrer de près les détails.

Il eut l'imprudence de trahir lui-même sa faiblesse en envoyant aux expositions de 1856 et de 1858 des tableaux dont le principal défaut était d'être trop nombreux. On put se demander pourquoi l'auteur n'avait pas fait d'abord son choix. Et je dois dire qu'il l'avait fait; mais deux fois, à la dernière heure, il s'était trouvé aux murs de l'hôtel de ville trop de place vide; deux fois, la commission, inquiète, était venue crier misère à Rémilly, et A. Rolland avait laissé prendre, même parmi des esquisses presque oubliées, tout ce qu'on voulait. Jamais il n'avait su refuser.

Sur un aussi grand nombre d'ouvrages, l'inégalité était d'autant plus sensible qu'on y trouvait, à côté de l'*Étang de Bouligny*, un *Matin*, avec des hérons, une *Queue d'étang sous la neige*, un *Étang dans les bois*, sous un ciel d'été, un *Intérieur de bois au mois d'octobre*, plusieurs paysages comparables aux plus beaux qu'il eût encore faits pour la vérité de l'impression, supérieurs peut-être pour la souplesse et la puissance de la couleur.

A. Rolland s'était décidé aussi à soumettre au jugement du public quelques essais de peinture à l'huile. Tous n'étaient pas de date récente. A. Rolland a plus d'une fois pris des pinceaux et une palette. En général, c'est au lendemain de ses plus grands succès, en 1845, en 1847, en 1852, qu'il avait l'idée, non pas de quitter le pastel pour l'huile, mais d'arriver à connaître assez l'un et l'autre procédé pour y recourir tour à tour, au gré de sa fantaisie. Mais toujours il s'était laissé dégoûter assez vite par les lenteurs de l'apprentissage.

A partir de 1852, quoiqu'il sentît davantage le poids des années, il se remit à l'œuvre avec plus de patience, y prit assez de goût pour se construire un atelier spécial où il peignait à l'huile régulièrement tous les hivers, pendant une bonne partie de la saison. Heureux quand il pouvait tenir auprès de lui un peintre exercé comme Devilly, un praticien habile comme Cathelinaux, et apprendre en les regardant faire une partie de ce qu'il aurait appris si facilement trente ans plus tôt, hélas! si l'idée lui en était venue.

En 1852, il avait, sur nos instances, pour résumer sa vie d'une façon plus complète et indiquer tous les aspects de son talent, exposé avec ses pastels, en même temps qu'une aquarelle et des modelages, deux petites peintures à l'huile, la *Forge* et une *Poule morte*. Il y attachait lui-même fort peu d'importance.

Puis, il espéra faire de nouveaux progrès, désira des encouragements, et fit choix pour l'envoyer à Paris, où il n'exposait plus depuis neuf ans, d'un tableau à l'huile, ses *Étables de Vaches dans les Pyrénées*. En 1856, à Metz, la peinture à l'huile tenait une place considérable dans son exposition, par le nombre comme par l'importance, et j'ajoute, sans hésiter, par le mérite des tableaux.

Il manquait encore aux meilleures peintures à l'huile d'A. Rolland quelque chose pour égaler ses meilleurs pastels; il était en peine pour les commencer et pour les finir. Le plus souvent, il hésitait à aborder une composition nouvelle, et choisissait pour le reproduire sur la toile un motif qu'il avait déjà traité, un de ceux qu'il savait par cœur. Il renonçait donc à cette liberté du premier jet, qui est presque toujours dans l'exécution une source de beautés imprévues, et n'avait plus cette fougue et cette verve qui échappent aux plus hardis lorsqu'ils parlent un langage dont ils ne possèdent pas toutes les ressources. Il n'était pas non plus assez habile pour mettre au moment décisif sur la toile dont il allait se séparer, toutes les finesses de la dernière main. Aussi la signait-il très-rarement; son intention était toujours d'y revenir.

Sous ces réserves, il est juste pourtant de citer plusieurs peintures à l'huile, signées ou non, parmi les ouvrages qui lui feront honneur dans l'avenir. Quelques-unes ont mérité d'être reproduites dans le recueil de ses œuvres. Les gens du métier ont accordé leurs éloges à la *Poule morte*, aux *Deux petits épagneuls en arrêt*, au *Lièvre tué;* tout le monde a pu reconnaître qu'il n'a rien fait de plus vigoureux et de plus libre, que sa *Meute en pleine chasse* et son *Duel de sangliers*, rien de plus animé et de plus piquant qu'une bande de chiens immobiles rangés en cercle et dévorant des yeux, avec une mine piteuse, la gamelle où fume la *Soupe trop chaude*.

Au reste, ne soyons pas trop occupés du procédé; huile ou pastel, peu importe: le principal intérêt des derniers envois faits aux expositions de Metz par A. Rolland, c'est la place toujours plus grande accordée aux animaux dans ses ouvrages. Tandis que le paysagiste se lassait peut-être et commençait à décliner, les progrès du peintre d'animaux n'ont pas cessé d'être sensibles jusqu'à la fin.

Je n'insisterai pas sur ses chevaux; il a eu peu de beaux modèles sous les yeux, et le cheval, d'ailleurs, partage avec l'homme ce privilége, qu'il faut l'avoir étudié longtemps d'une façon toute particulière pour arriver à le peindre passablement.

Il a connu assez les vaches pour les peindre, même à l'étable et dans de grandes dimensions; on a pu, cependant, trouver aussi qu'il réussissait mieux à indiquer la diversité de formes, de couleur et d'attitudes d'un troupeau dispersé dans les grandes herbes d'une prairie marécageuse, ou sous un rayon de soleil dans une clairière. Il en est de ses troupeaux de vaches comme de ses troupeaux de cochons: jetés au milieu du paysage, ils l'animent et achèvent de lui donner un sens; le paysagiste a pu se borner souvent à les indiquer d'une façon piquante et vraie, mais sommaire; d'un peintre spécial on exigerait davantage.

D'autres peintres ont étudié de plus près les animaux étrangers qu'on nous montre dans une ménagerie, ceux qui vivent à côté de nous dans une basse-cour, dans un chenil, dans une écurie. Les animaux qu'A. Rolland a le mieux connus, sont ceux de nos étangs et de nos bois, ceux dont il a étudié les mœurs en chasseur avant de songer à les peindre. Avec quel à-propos et quelle justesse il sait mettre dans les roseaux d'un étang la cigogne à l'air paisible, le héron solitaire, avec ses plumes grises et son attitude mélancolique, les canards qui prennent lourdement leur volée à la vue du busard sournois et vorace qui plane dans les airs, guettant sa proie.

Il a peint des chevreuils, des cerfs; il a peint des loups sous toutes les formes: depuis le *Loup aux aguets* qui flaire à l'horizon l'odeur de la bergerie, le loup qui s'enfuit tenant entre ses dents un agneau, les loups rivaux qui se disputent dans la neige leur proie sanglante, jusqu'au *Loup mourant* qui se retourne et menace une dernière fois les chiens, jusqu'au *Loup pendu* qui donne aux larrons de son espèce un exemple inutile.

Le renard ne reparaît pas moins souvent dans les tableaux d'A. Rolland; il prenait un plaisir extrême à l'étudier. Je l'ai vu s'amuser pendant des heures à regarder jouer dans sa basse-cour un jeune renard qu'on y lâchait le soir, après avoir bien mis sous clef toutes les poules, et qui prenait ses ébats en compagnie d'une petite louve et de deux chiens-loups trouvés, par aventure, dans un bois du voisinage. Seul de son espèce, plus petit, plus faible, mais leste et rusé, c'était lui qui agaçait, trompait, mettait sur les dents ses grossiers compagnons de servitude.

Il est tout simple qu'il ait aimé en faisant le portrait du renard à lui donner l'air d'une personne, qu'il l'ait montré, comme aurait fait le fabuliste, plongé dans ses méditations: le moment est venu de retourner le fond du sac pour y trouver un beau stratagème. Mais le peintre s'arrêtait discrètement sur la pente des allusions; ses renards ne sont pas des hommes; ils ont bien leur manière à eux de réfléchir, de tromper et de ramper, de se jeter sur leur proie, et il y avait ici quelque chose de plus piquant que l'allégorie: c'est la nature prise sur le fait.

Le sanglier est, de tous les animaux, celui qu'A. Rolland avait fini par peindre le plus volontiers. C'est qu'il le connaissait mieux que personne; souvent *en forêt*, il l'avait vu fuir devant la meute, mourir, atteint d'une balle, ou, blessé, tenir tête aux chiens. Il avait pu en observer de plus près et tout à loisir les habitudes dans le jardin de son père, où il y avait une enceinte réservée pour les bêtes fauves surprises dans les bois des environs. Nous avons vu aussi chez lui grandir et vieillir, dans un coin de la basse-cour, des marcassins qui avaient commencé par poser dans son atelier. Au bas du portrait de l'un d'entre eux, je lis, écrits de sa main, ces mots: *élevé par moi, dessiné et mesuré avec soin d'après nature.* Il a étudié ainsi d'après nature des sangliers vivants, des sangliers morts, de tout âge, en toute saison et dans toutes les attitudes.

A. Rolland avait déjà dessiné, modelé et peint des sangliers à plusieurs reprises, lorsqu'il exposa, en 1852, le *Sanglier blessé;* en 1856, un *Sanglier coiffé*, un *Combat de sangliers*, des *Sangliers changeant de forêt;* en 1858, des *Sangliers sur la neige*, des *Sangliers à la bauge dans des roseaux*. On voit clairement où allaient ses prédilections; il y pouvait céder sans crainte; chacun des tableaux qui portent ces titres est une œuvre achevée, d'une incontestable et saisissante originalité.

Le principal mérite des *Sangliers sur la neige* tient à la naïveté même du motif: le peintre ne s'y est étudié qu'à indiquer d'une manière juste et précise la diversité d'allures d'une troupe de sangliers inégaux d'âge et de taille qui courent à la file, les plus petits faisant l'impossible pour n'être pas laissés en chemin et pour échapper au péril avec les autres.

Là on ne faisait que deviner le péril; dans le *Coup double*, les fugitifs viennent de s'y heurter: deux d'entre eux sont tombés, l'un tué roide, et l'autre blessé mortellement; ceux qui survivent redoublent de vitesse; on voit le dernier, qui marchait à son rang derrière l'une des victimes, tressaillir encore au sifflement de la balle, et, par un mouvement brusque, éviter l'obstacle qui retarderait sa course désespérée.

Les *Sangliers changeant de forêt* étonnent au premier regard comme une vision étrange; ils sont de plus grandes dimensions et remplissent le cadre; on les voit de face, serrés comme pour tenir conseil et prenant le vent: c'est à qui aura le premier flairé une piste et donné le branle; la bande immobile n'attend qu'un signal pour s'y jeter tête baissée. On comprend que l'auteur aimât à entendre rappeler sa *Patrouille de sangliers;* la vérité y est poussée jusqu'à l'illusion; il paraît impossible de rendre avec plus d'énergie l'air sauvage et mystérieux, les formes massives, les allures pesantes de ce singulier animal, tout d'une pièce, qui ne sait courir que droit devant lui, impétueux et aveugle comme un torrent.

L'étrange tourne au grandiose dans le *Combat de sangliers;* deux sangliers vigoureux sont aux prises; le reste de la bande se tient à l'écart, sans oser faire un mouvement, et attend avec une sorte d'anxiété stupide l'issue de ce duel à outrance. Les deux rivaux, dans leur fureur, ont quelque chose de magnanime et de terrible. Ils font songer aux combats singuliers de l'*Iliade* et rappellent, sans désavantage, les beaux vers où Virgile, aussi bien qu'Homère, n'hésite pas à comparer à des sangliers les héros accablés par le nombre, qui ne fuient point, résolus à tuer et à mourir. Tel est bien aussi le caractère de ce *Sanglier coiffé*, gigantesque, informe, blessé et cerné par vingt chiens, qui succombe enfin sous leurs efforts, non sans avoir, comme l'implacable Mézence, jonché de victimes le champ de bataille.

Le côté épique d'un sujet dont il semble avoir épuisé toutes les ressources, ne pouvait échapper à A. Rolland; il l'a montré tel qu'il l'avait vu, sans parti pris, sans aucune ombre d'ambition, trouvant le style en ne cherchant que la vérité. Sa manière un peu expéditive, mais libre et franche, était à l'aise avec les formes élémentaires du sanglier; il fallait un crayon ferme, hardi, rapide, pour en exprimer fortement la physionomie rude et farouche; il fallait une couleur vigoureuse et sobre pour donner du relief aux groupes et de l'accent au paysage.

Les fonds de scène sont, en général, tout à fait simples: une lisière de bois, un fossé, ou seulement un pli de terrain, avec une souche d'arbre et quelques broussailles; l'effet de lumière est plus simple encore: presque toujours un ciel d'hiver, des nuages glacés qui rasent la cime des chênes; souvent la dernière heure du jour, la neige salie, à peine éclairée par les pâles et froides lueurs du crépuscule. L'harmonie générale du tableau laisse une impression profonde: ici nous pouvons dire qu'on sent la pensée et la main d'un maître.

L'exposition de 1858 était la dernière à laquelle A. Rolland dût envoyer lui-même ses ouvrages; lorsqu'elle se ferma, vers la fin de mai, il ne lui restait plus que quelques mois à vivre. Pendant l'été et pendant l'automne qui suivirent, il travailla. L'hiver venu, il passa ce dernier hiver selon sa coutume : les soirées appartenaient à l'architecte; le 15 février 1859, il signait les plans d'une mairie pour Herny, et tout aussitôt il se mit à en esquisser une pour Luppy, pour Béchy une mairie et un clocher.

Il continuait à peindre toute la journée et fit pendant ces dix mois de nombreux pastels, les plus inégaux qu'il ait laissés. Plusieurs sont tellement négligés ou tellement médiocres qu'on était tenté de les mettre sur le compte d'un imitateur malhabile. D'autres, au contraire, étaient encore tout à fait dignes de lui. Mais tous ceux-là, par une rencontre dont le peintre lui-même semblait ne pas avoir le secret, représentent le crépuscule, l'automne et les arbres qui se dépouillent, l'hiver et la terre couverte de neige : comme dans ce tableau monotone et désolé, où des vaches, abandonnées par leur gardien, sont arrêtées, mornes, transies et silencieuses, devant une *Barrière fermée.*

L'imagination assombrie du peintre choisissait pour mettre l'émotion dans le paysage, la fin du jour, la fin de l'année; il choisissait pour représenter les animaux l'instant des angoisses suprêmes. C'est alors qu'il se remit à modeler un *Sanglier blessé,* qu'il voulait reprendre et placer, grand comme nature, au milieu de sa pelouse; puis, après le *Coup double,* il peignit des *Chiens qui hurlent auprès d'un sanglier mort,* œuvre inachevée, dont le pathétique tient moins au sujet qu'à la profonde mélancolie de la couleur.

Il venait de remettre sur son chevalet l'ébauche d'un *Cerf aux abois,* lorsque ses crayons lui échappèrent. La maladie le tirait, malgré lui, de son atelier. Il fit un dernier effort, traça péniblement sur le socle du *Sanglier* l'esquisse d'un bas-relief, essaya de retoucher les fonds d'une *Troupe de sangliers lancés;* sa vue se troublait, sa main commençait à s'engourdir. Il comprit que la fin était venue.

Ni la fermeté de sa raison, ni la douceur de son caractère ne l'abandonnèrent en présence de la mort. La première fois qu'elle s'était présentée à lui sans voile, il avait tressailli et donné d'avance à la vie qu'il aimait encore quelques larmes involontaires. Puis il s'était familiarisé avec les sombres pressentiments, et, plus facilement résigné que d'autres, lui qui se plaisait à méditer sur les lois de la nature et qui jamais dans ses désirs ne se heurtait à l'impossible, il avait accepté, comme l'accomplissement d'une loi universelle, la dure nécessité de mourir.

Averti trop tard de la gravité d'un mal qui ne laissait plus d'espérances, j'arrivai à Rémilly quelques heures avant sa mort, et le trouvai assis dans son fauteuil, le visage tourné vers la lumière, regardant d'un air paisible ceux qui allaient et venaient autour de lui. Il salua ma venue, me parla de Paris et de ceux que j'y avais laissés, de l'armée qui franchissait les Alpes, de l'Empereur qui allait la rejoindre et affranchir l'Italie. Il avait toute sa présence d'esprit; mais ses paroles étaient si confuses que nous avions peine à les distinguer; il s'en aperçut, referma les mains comme pour ressaisir sa volonté, et rentra, puisqu'il le fallait, dans son silence. Il n'essaya plus de parler. Deux fois encore, on le vit sourire. Vers onze heures du soir, sans agonie, ses yeux se fermèrent : il avait cessé de vivre (27 avril).

Le surlendemain, la triste cérémonie des funérailles montra combien celui qui n'était plus avait su se faire aimer; l'église et les abords du cimetière ne pouvaient contenir la foule accourue de Metz et de toutes les campagnes voisines; on errait dans ce Rémilly en deuil, où l'on retrouvait partout son souvenir. C'était un concert de louanges et de regrets. Si vive que fût la douleur, il semblait pourtant qu'elle n'eût rien d'amer. On plaignait ceux qu'A. Rolland avait si doucement accoutumés à lui faire une place chaque jour plus grande dans leur vie. Mais fallait-il le plaindre lui-même? Il avait assez vécu pour donner à sa vie un sens et pour remplir sa destinée. Il mourait laissant après lui, à Rémilly, la trace de son humeur généreuse et de son charmant esprit; dans ses œuvres, la marque incontestée d'un beau talent, et au fond de bien des cœurs la vivante image d'un homme aimable, d'un homme sage et d'un homme heureux.

La renommée du peintre, déjà consacrée en 1852 par une exposition rétrospective, en 1855, par les enchères de l'hôtel de ville, le fut encore une fois, et d'une manière plus éclatante, par l'Exposition universelle ouverte à Metz en 1861, où sa famille fut sollicitée de réunir une trentaine de ses meilleurs ouvrages. La ville de Metz put se glorifier de montrer aux étrangers venus de tous les points de l'horizon, le *Village lorrain,* l'*Étang de Bouligny* et les *Sangliers sur la neige,* à côté du *Prisonnier* d'Aimé de Lemud et de l'*Artiste* de Maréchal.

Cependant nous avions vu percer chez A. Rolland dans les dernières années de sa vie, un sentiment nouveau pour lui, l'inquiétude et le souci de l'avenir. Quel serait un jour le sort de tant d'ouvrages dispersés par le hasard? Dispersés, c'est la loi commune; mais dureraient-ils seulement? Le pastel le plus solide, s'il tombe en des mains négligentes, se pique et s'efface au mur dans l'espace de quelques hivers. Et les pastels qu'A. Rolland a faits dans ses dernières années, ceux où l'on admirait la vigueur et l'éclat de sa nouvelle manière, ont été faits un peu au hasard, avec les premières couleurs venues, sur un carton rugueux qui ne retient pas cette poussière ou qui s'en imbibe et la dévore.

Les uns vivront aussi longtemps que les portraits de Latour; beaucoup ont déjà changé d'aspect et perdu ces délicatesses de touche et cette couleur vaporeuse et fine qui en fit le charme. La famille d'A. Rolland n'a pas voulu courir jusqu'au bout les chances de ce redoutable partage; quels que soient, sous nos yeux et après nous, les ravages de l'humidité et de la lumière, des crayons habiles auront du moins dérobé à la destruction et à l'oubli quelques-unes des compositions les plus originales d'A. Rolland.

Il n'était guère possible de les reproduire plus fidèlement que n'ont fait des artistes qui sont, au surplus, les maîtres de la lithographie, Jules Laurens, Français, Mouilleron, Bodmer et ce pauvre E. Le Roux qui se mourait tristement, à notre insu, quelques semaines après avoir surveillé le tirage de ses dernières planches. La couleur même y est indiquée avec une vérité singulière; par exemple dans les belles planches des *Bords de la Nied,* des *Hérons,* de l'*Étang,* du *Coup double* ou du *Sanglier coiffé.* En voyant la *Patrouille de sangliers* on croit avoir le tableau sous les yeux, et cet ouvrage, malgré ses petites dimensions, tiendra bien sa place, à ce qu'il me semble, parmi les œuvres du regrettable lithographe qui fut le traducteur ordinaire des énergiques dessins de Decamps.

Pour expliquer les ouvrages d'A. Rolland et pour conserver le souvenir de sa personne, qui valait mieux que ses ouvrages, il fallait en tête de ce recueil retracer sa vie. Ce fut ma tâche. J'ai trouvé quelque joie à la remplir. Je n'ai cru pouvoir mieux faire que de suivre le fil des années et n'ai pas craint d'entrer souvent dans des détails. Ce n'est point au public que j'adressais ce récit. Je l'ai écrit pour les parents et pour les amis d'A. Rolland, je l'ai écrit pour les fils de ses amis et pour ses petits-neveux. Oui, c'est à vous surtout que je pensais, Alice, Jeanne et Henri, et vous, petite Marie, qui venez de naître; vous aimerez à retrouver, dans ces pages que je vous laisse, le portrait fidèle d'un oncle que vous n'aurez pas connu. Apprenez de nous ce qu'il était et aimez-le comme nous l'avons aimé : à son souvenir est attaché l'esprit de famille comme l'honneur de Rémilly. Sachez un jour comme lui aimer les belles choses et le travail. Soyez bons et vivez unis par respect pour sa mémoire.

Je n'ai donc pas craint de tout dire, mais j'ose croire que je n'ai rien exagéré. Deux ou trois fois il m'est arrivé de vouloir pousser l'éloge un peu plus loin que je ne l'ai fait; c'était en toute sincérité; et pourtant j'ai repoussé la tentation. Je craignais de trahir le secret désir d'A. Rolland : les éloges excessifs inquiétaient sa prudence, ils faisaient peur à sa modestie; sa droiture de sens et la simplicité de son cœur l'avaient mis en garde contre les piéges de la vanité.

E. GANDAR.

Rémilly, septembre et octobre 1863.

CATALOGUE

DES

ŒUVRES D'AUGUSTE ROLLAND.

EXPLICATIONS PRÉLIMINAIRES.

1. *Ordre suivi.* — Nous avons suivi pour la première partie de ce Catalogue l'ordre qui nous a semblé le plus propre à faciliter dans la suite les recherches qui pourraient y être faites sur l'authenticité de tableaux attribués à A. Rolland. On remontera sans peine à l'origine de chacun d'eux, en trouvant à son rang, par ordre alphabétique, la personne qui le possédait au moment où nous avons recueilli nos notes, c'est-à-dire de 1860 à 1863. Les noms des possesseurs actuels sont imprimés en *lettres capitales*.

Toutes les fois que nous avons négligé d'indiquer leur résidence, c'est qu'ils habitent Metz.

2. *Titres et description des tableaux.* — Les titres sont imprimés *en italiques*. Nous avons, de préférence, reproduit ceux que l'auteur lui-même avait fait inscrire sur les catalogues des expositions et indiqués dans les notes rédigées ou dictées par lui que nous avons eues entre les mains. Chaque titre est ordinairement suivi d'une description sommaire, que nous avons supprimée pour les tableaux reproduits dans notre Album : il suffisait alors de donner le numéro de la planche. Nous rappellerons seulement que la plupart ont été reportés sur pierre tels qu'ils avaient été peints sur le papier ou sur la toile et que par conséquent l'impression les a retournés.

3. *Forme et dimensions.* — Les lettres H et L désignent les dimensions en hauteur et en largeur. M. dim. signifie qu'un tableau a les mêmes dimensions que le tableau qui précède. Ov. veut dire qu'il est de forme ovale. M. bl. veut dire qu'il est encadré avec des marges blanches : en ce cas, notre intention a été de donner les dimensions du dessin en vue, sans tenir compte des marges ; mais il est vraisemblable que quelques-unes des personnes à qui nous avons dû nous adresser pour obtenir des renseignements s'y seront trompées.

4. *Procédé.* — L'œuvre mentionnée est un pastel toutes les fois que nous n'avons pas dit expressément que ce fût un dessin à la mine de plomb, un fusain, une aquarelle ou une peinture à l'huile.

5. *Signature.* — Toutes les fois que nous n'aurons rien dit de la signature, c'est que l'artiste a signé selon sa manière habituelle, en toutes lettres : *A. Rolland.*

Au temps de ses premiers essais, et jusque vers 1842, il mettait volontiers son nom, ainsi qu'un titre et une date précise, au bas du dessin, sur la marge blanche ; il indiquait le mois, comme l'année, par un chiffre, de 1 à 12, selon l'ordre des douze mois ; ainsi c'est le chiffre 12 qui désigne décembre ; 10, c'est octobre ; 8, c'est août, etc.

Plus tard, il s'en tenait à l'habitude de signer à l'un des coins du tableau, de son écriture la plus lisible, sans paraphe.

Le plus souvent, il négligeait de mettre la date ; s'il l'a mise, il en faut ordinairement conclure qu'il attachait à la date même un souvenir particulier ou quelque prix à son tableau. Aussi avons-nous tenu à l'indiquer. S. et d. veut dire *signé* et *daté*.

Les initiales A. R. étaient la signature ordinaire de ses croquis.

Quelquefois il lui arrivait de ne pas signer, par mégarde, même des tableaux qu'il estimait. En les portant sur notre Catalogue et en y mentionnant cette circonstance par les initiales n. s., nous avons suppléé à l'omission, comme il était juste.

6. *Renseignements divers.* — Autant qu'il nous a été possible, nous avons indiqué et mis *entre parenthèses* le numéro que chaque tableau a porté dans une exposition publique. A. Rolland a exposé à Paris en 1839, 1840, 1841, 1844, 1846 et 1855 (en tout vingt pastels et une peinture à l'huile). Il a pris part à toutes les expositions faites à Metz depuis 1830 jusqu'en 1858, excepté celle de 1846. Il a exposé aussi deux ou trois fois à Nancy et même, en 1854, à Marseille. Nous n'avons pas hésité à considérer comme un catalogue d'exposition le catalogue des trente-quatre tableaux vendus publiquement à l'hôtel de ville de Metz, le 24 mai 1855, au profit des établissements charitables de la commune de Rémilly. Les tableaux choisis par l'auteur lui-même, et, en second lieu, par sa famille, pour reparaître aux expositions rétrospectives de 1852 et 1861, méritaient qu'on les désignât d'une façon spéciale : nous l'avons fait.

Enfin, nous avons mis *en petit texte* quelques *souvenirs anecdotiques* qui nous ont paru servir convenablement de pièces justificatives ou de complément à la Notice qui précède.

DESSIN ET PEINTURE.

M. AERTS.

1. *Troupeau de cochons.* — Lisière de bois, fossé, clair-chênes. Reproduit, dans de plus grandes dimensions, le motif de la pl. 26. — H. 0,69 ; L. 0,94. (Vente de 1855, n° 1, prix : 800 fr. — Expos., Metz, 1861, n° 723.)
2. *Mare dans les bois.* — Au premier plan, sur la gauche, une mare ; dans les roseaux, un taureau, deux vaches ; puis, un pâquis en pente, et, dans le fond, une forêt. — M. dim.

M. D'ASNIÈRES (Jules), à Metz et à Villers (Moselle).

3. *Chasse au sanglier.* — Sanglier au ferme ; cinq chiens, dont un blessé au côté ; chien blanc orangé au centre. — H. 0,73 ; L. 0,98 ; s. et d. 1853.
4. *Souvenir des Hautes-Pyrénées.* — Étable, vaches et pâtre. — H. 0,53 ; L. 0,68 ; s. et d. 1854. (Vente de 1855, n° 2.)
5. *Chasse sur un étang.* — Crépuscule. — H. 0,75 ; L. 0,90. (1858.)

M. DE BAINE, à Nancy.

6. *Clairière dans une forêt de chênes.* — Trois chiens noir et feu quêtant sur le premier plan. — H. 0,58 ; L. 0,70.

Mme BARBÉ.

7. *Jeune fille jouant avec des fleurs.* — Souvenir des jardins de Rémilly. — (Croquis.) — H. 0,23 ; L. 0,32 ; s. A. R. 1839.
8. *Intérieur de forêt.* — H. 0,28 ; L. 0,21 ; s. A. R. 1843.
9. *Vaches en pâture.* — Plaine, mare bordée d'arbres. — H. 0,16 ; L. 0,26.

M. BARBEY.

10. *Lisière de bois.* — Peintre dessinant des arbres d'après nature. — H. 0,36 ; L. 0,44 ; s. A. R.

M. BARBIER (Étienne), à Flocourt (Moselle).

11. *Pâturages.* — Quatre vaches ; un vieux pâtre avec une petite fille et un chien. Lisière de bois au second plan ; montagnes vagues dans le fond. Ciel chargé. — H. 0,40 ; L. 0,49. (Vers 1857.)
12. *Spitz.* — Portrait de chien, grandeur naturelle. Terrain vert. Ciel gris. — H. 0,39 ; L. 0,55 ; m. bl. (1858.)

M. BARDIN, ancien représentant de la Moselle, à Passy.

13. *Canard sauvage.* — Blessé et renversé sur le dos dans des roseaux. Grandeur naturelle. — H. 0,35 ; L. 0,51 ; m. bl. ; n. s.
14. *Mare dans les bois.* — Vaches s'abreuvant. — H. 0,48 ; L. 0,61 ; s. et d. 1845.
15. *Hérons.* — Deux hérons debout dans l'eau. Paysage brumeux. — H. 0,34 ; L. 0,27 ; ov. (1858.)

M. BARTHÉLEMY (Édouard).

16. *Crépuscule.* — Une mare au premier plan ; au second, une échappée dans les bois ; au loin, la campagne. — H. 0,27 ; L. 0,44.
17. *Mare dans les bois.* — Deux chevreuils. — H. 0,65 ; L. 0,87. (Vers 1853.)
18. *Bords de la Nied.* — Prairie et vaches dans des roseaux. — M. dim.

M. BASTIEN (Ernest).

19. *Le Pêcheur.* — Effet de soleil couchant. — H. 0,52 ; L. 0,44. (Exp., Metz, 1850, n° 163. Vente de 1855, n° 7.)
20. *Souvenir des montagnes.* — Terrain accidenté, chênes, vaches et chèvres. — H. 0,98 ; L. 0,84 ; ov. (Vente de 1855, n° 8. Prix : 580 fr.)

M. BERGA, notaire honoraire.

21. *Coup de vent.* — Effet de juin. — H. 0,43 ; L. 0,59 ; s. et d. 1852. (Vente de 1855, n° 13.)

22. *Taureau brun et vaches en pâture.* — H. 0,38 ; L. 0,51. (Id., n° 23.)

Mlle DE BERMON, à Rixheim (Haut-Rhin).

23. *Nid de rouges-gorges.* — Nid défendu par le père et la mère contre une belette. — H. 0,32 ; L. 0,46 ; s. et d. 1856.

24. *Bords de la Nied.* — M. dim. ; s. et d. 1859.

Mme BERNARD, née ROLLAND, à Rémilly.

25. *Chasse aux canards.* — Deux chasseurs et le batelier sur une nacelle. — (Sépia.) — H. 0,19 ; L. 0,28. (Vers 1816.)

26. *Souvenir de Bouligny.* — Nacelles sur l'étang ; chasseurs dans les roseaux ; chiens tenus en laisse au pied d'un saule. — (Id.)

27. *Château de Heidelberg.* — (Sépia.) — D'après nature. — S. *A. Rolland, fecit.* 1817.

28. *Vue de Rémilly.* — Au second plan, une moisson ; au fond, le village caché par des arbres que domine le vieux clocher. — H. 0,23 ; L. 0,34 ; m. bl. ; n. s. (Vers 1834.)

29. *Étang et moulin de Rémilly.* — Six petits personnages partant pour la chasse avec des chiens. — M. dim. (Id.)

30. *Les Pyrénées.* — Album de voyage.

Vingt-trois dessins à la mine de plomb, presque tous datés (du 23 juin au 25 août 1835), et dont les titres marquent l'itinéraire de l'artiste *(vallée d'Arles, les Bains-sur-Tech, Saint-Sauveur)* et ses excursions autour de Barèges *(les tours de Sainte-Marie, près Luz ; Gèdres, le chaos et la brèche de Roland, Gavarnie ; Parc de Henri IV, à Pau ; le Tourmalet, Lourdes, Sources de l'Adour, Pic du Midi de Bigorre, Bétaram).* — Parmi ces paysages, une caricature : *Grand concert à Barèges.* — Plusieurs feuillets de cet album en ont été détachés. L'auteur rapportait aussi un assez grand nombre d'études au pastel faites d'après nature, dont quelques-unes seulement ont été conservées.

31. *Argelès.* — D'après nature. — H. 0,26 ; L. 0,36 ; m. bl. ; s. et d. Août 1835.

32. *Luz.* — Id. — M. dim. ; même date.

33. *Environs d'Aix (Savoie).* — Étude d'après nature. — H. 0,32 ; L. 0,42 ; s. et d. (sur la marge) Août 1837.

34. *Les Émigrants.* — Terrain escarpé ; coin de mer à l'horizon. Le convoi fait halte autour du chariot : plusieurs groupes ; costumes alsaciens. (1837.)

35. *Pont de Palalda.* — Souvenir des Pyrénées. — Pont sur un gave ; à gauche, des cavaliers dans une prairie. — H. 0,29 ; L. 0,45 ; m. bl. ; s. et d. Septembre 1838.

36. *Les Blessés.* — Au premier plan et sur la droite, un monticule couronné d'arbres ; chevaux et soldats blessés : costumes du moyen âge. Au fond, à gauche, la ville assiégée. Gros nuages blancs sur un ciel bleu. — H. 0,24 ; L. 0,33 ; m. bl. ; s. et d. 1838. (Exp., Paris, 1839, n° 1827. — Metz, 1852, n° 253.)

37. *Têtes de chevreuils.* — Étude d'après nature. — H. 0,29 ; L. 0,42 ; n. s. ; daté : 3, 1840.

38. *Têtes de sangliers.* — Id. — M. dim. ; même date.

39. *Étude de chêne.* — Chemin dans un clair-chênes ; au pied d'un gros chêne, silhouette du peintre debout, en blouse bleue, tenant de la main gauche une canne et sous le bras droit un album ; jeune homme assis avec un carton. Feuillages et terrain verts, ciel d'un bleu léger. — H. 0,66 ; L. 0,54 ; s. et d. 1844. (Exp., Paris, 1844, n° 2117.)

40. *Album.* — Portant à la première page ces mots : *A. Rolland, novembre* 1845.

Croquis à la mine de plomb faits par A. Rolland, à Metz, pour occuper ses soirées d'hiver. On y trouve quelques études d'animaux (hérons, loups, petits chiens, sangliers, pics), et l'idée première d'un grand nombre de tableaux réalisés dans la suite ; par exemple : *Prairie et saules ; Chaumière ; Vaches en pâture ; le Lancé ; le Lièvre tué ; Chasseur au chien d'arrêt.* L'Album avait une quarantaine de feuillets, il en reste trente.

41. *Chaumière.* — Ferme à côté d'un bouquet de grands arbres ; sur le devant, de l'eau et des vaches. — H. 0,29 ; L. 0,42 ; m. bl. ; n. s. (Vers 1846.)

42. *Portrait.* — Brisac partant pour la chasse : debout et de face, en blouse bleue ; la main gauche dans un manchon ; tenant de la droite un verre de vin. — H. 0,28 ; L. 0,19 ; n. s.

43. *Sanglier blessé.* — Blessé au flanc, acculé et les pattes de devant enfoncées dans la neige. — H. 0,47 ; L. 0,62 ; n. s.

44. *Roses.* — Bouquet de quatre roses — (Étude.) — H. 0,20 ; L. 0,15 ; n. s.

45. *Roses et pétunias.* — H. 0,33 ; L. 0,26 ; ov. ; s. et d. 1849. (Exp., Metz, 1852, n° 263.)

46. *Lisière de bois.* — (Croquis.) — H. 0,13 ; L. 0,18 ; n. s.

47. *Ruines d'un vieux château.* — (Id.) — H. 0,11 ; L. 0,15 ; s. A. R.

48. *Souvenir de Suisse.* — Une petite barque et des mouettes sur un lac ; à droite, sur une rive escarpée, un chalet ; à l'horizon, des montagnes couvertes de neige. — H. 0,67 ; L. 0,55 ; ov. ; sign. effacée.

49. *Marcassins.* — Quatre marcassins au pied d'un bouquet d'arbres. — H. 0,48 ; L. 0,68 ; n. s.

50. *Le Pont.* — Ravin. Des enfants sur le pont. Des deux côtés, massifs de grands arbres allant se perdre dans une brume lumineuse. — H. 0,50 ; L. 0,39 ; m. bl. ; s. et d. 1850.

51. *Vaches s'abreuvant dans le fond d'un ravin.* — Lith. par J. Laurens, pl. 21. — M. dim. ; s. et d. 1850. (Exp., Metz, 1852, n° 274.)

52. *Chevreuils.* — Chevreuil debout et chèvre couchée, tous deux de profil dans une clairière. Temps gris. — (Ébauche à l'huile.) — H. 0,52 ; L. 0,68 ; n. s.

53. *La Dernière Voiture de foin.* — (Croquis.) — H. 0,14 ; L. 0,19 ; s. A. R.

54. *Vue prise du pont de Rémilly.* — Vaches et canards dans les prés ; le bas des jardins dans la vapeur : effet du matin. — (Peint. à l'huile.) — H. 0,40 ; L. 0,60 ; n. s.

55. *Chiens en récréation.* — Deux chiens jouant avec un peloton de laine rouge ; au fond, une assiette à fleurs, une orange, des roses et divers objets sur une table. — (Id.) — H. 0,74 ; L. 0,57.

56. *Étables dans les Pyrénées.* — En avant des colonnes, un taureau et trois vaches, d'assez grandes dimensions. Sur la droite du premier plan, un pâtre. — (Id.) — H. 0,75 ; L. 1,00.

57. *Rêverie.* — Jeune fille couchée parmi les fleurs au bord de l'eau. — (Id.) — H. 0,32 ; L. 0,24. (Exp., Metz, 1856, n° 128.)

58. *Jeune fille portant des fleurs.* — (Id.) — M. dim. (Id., n° 129.)

59. *Buses dans une volière.* — (Id.) — H. 1,15 ; L. 0,88 ; n. s. (Id., n° 136.)

60. *Un Voleur et son complice.* — Chien de garde et chien basset dans une office. — (Id.) — M. dim. (Id., n° 138.)

61. *Le Gardien.* — Clairière dans un bois ; branches pendantes, herbes hautes et fleurs. Une vache blanche tachetée de feu et une vache rousse tachetée de blanc, frappées par un rayon de soleil ; chien noir et blanc assis de face à la gauche du tableau. — (Id.) — H. 0,68 ; L. 0,57. (Id., n° 143.)

62. *Paysage avec canards.* — Soir, fin d'automne ; premiers plans et lointains dans la brume ; peupliers jaunis éclairés par le soleil couchant. — H. 0,83 ; L. 1,10. (Exp., Metz, 1858, n° 124.)

63. *Hérons.* — Deux hérons dans les roseaux ; au fond, des cimes de saules sur la rive. Effet du matin. — H. 0,77 ; L. 0,61. (Id., n° 133).

64. *Bords de la Nied.* — Prairie et marécages ; pays plat, semé de quelques bouquets d'arbres ; groupe de chênes vers la droite du second plan. Vaches en pâture. Ciel tourmenté et chargé de pluie. — H. 0,52 ; L. 0,72. (Id., n° 144.)

65. *Bords de rivière.* — Cigognes ; saules et roseaux. Effet du matin. — (Peint. à l'huile.) — H. 0,24 ; L. 0,32 ; n. s.

66. *Ruisseau.* — Des saules ; une femme, un enfant, un pêcheur à la ligne dans les roseaux. — (Id., sur carton.) — M. dim.

67. *Chiens de Terre-Neuve.* — Deux chiens, l'un debout, l'autre couché, regardant la mer. — H. 0,33 ; L. 0,67.

68. *Prairies.* — Marécages ; prairies vagues, semées d'arbres. Vaste ciel, éclairé par les dernières lueurs du jour. — H. 0,30 ; L. 0,42 ; m. bl. ; s. et d. 1858.

69. *Goëlands.* — Volées d'oiseaux s'abattant sur un rocher dans la mer. Crépuscule. — M. dim.

70. *Cardinal.* — Perché sur une branche. — H. 0,20 ; L. 0,15 ; n. s.

71. *Verdière.* — Posée à terre. — M. dim. ; n. s.

M. BERTEAUX (ÉDOUARD), à Metz et à Chelaincourt (Moselle).

72. *Le Débuché, chasse au sanglier.* — Clairière ; six chiens. — H. 0,77 ; L. 1,01. (Vente de 1855, n° 21. Prix : 620 fr.)

73. *Chiens perdus.* — Effet d'hiver ; le soir. — H. 0,45 ; L. 0,37. (Id., n° 25.)

74. *Effet de brouillard dissipé par le soleil.* — Vaches, berger, femme à cheval. — H. 0,47 ; L. 0,37. (Id., n° 26.)

75. *Crépuscule.* — Ours sous des sapins. — H. 0,46 ; L. 0,38. (Id., n° 44.)

76. *Étude de chêne.* — Effet de l'arrière-saison. — M. dim. ; s. A. R. (1856.)

M. BLANC, rédacteur du *Courrier de la Moselle.*

77. *Le Ruisseau dans les bois.* — Lith. par J. Laurens, pl. 5. — H. 0,45 ; L. 0,58 ; s. et d. 11, 1839.

Tableau qui a inspiré à M. Blanc la jolie pièce de vers publiée en 1854 (*Metz littéraire*, p. 58-60). Le poëte, malade et alité depuis un an, remerciait ainsi le peintre :

> Je suis bien las de ma triste prison...
> Je veux de l'air, du soleil, des nuages...
> Mais tous ces biens que je croyais perdus
> Près de mon lit viennent de m'apparaître ;
> Un art charmant dont vous êtes le maître,
> Les fait revivre et me les a rendus.
> Sur le vélin, qu'anime leur poussière,
> De vos pastels le caprice enchanteur,
> A semé l'air, l'espace, la lumière,
> Le frais des bois, leur sombre profondeur,
> Et puis là-bas, au bout de la clairière,
> Un horizon où je lis le bonheur !
> Ah ! laissez-moi parcourir cet espace !
> Près du ruisseau disposez une place :
> J'y veux rêver, seul comme un oiseau,
> Et, comme lui, perché sur un fuseau...

78. *Mare dans les bois.* — Des deux côtés, au second plan, un bois de chênes ; à droite, une pastorale ; à gauche, des vaches en pâture. Ciel d'été ; gros nuages blancs. — M. dim. ; s. et d. 1854.

M. BLONDIN (Emmanuel), directeur de la Banque de France, à Nancy.

79. *Taureau et Vaches.* — Taureau noir; vache rouge et blanche; vaches au second plan. Pâturages. — H. 0,53; L. 0,70. (Vente de 1855, n° 2.)

80. *Cigognes sous de grands arbres.* — Bord d'étang. Effet de soir. — H. 0,93; L. 0,69. (Id., n° 18. Prix : 830 fr.)

M. BLONDIN (Léopold), directeur de la Banque de France, à Reims.

81. *Pâturages.* — Un chemin dans des prairies vagues; massif de grands arbres, formant le centre de la composition, au second plan; fond de coteaux boisés et de montagnes. Sur les premiers plans, des bœufs couchés et debout. Déclin du jour; ciel tourmenté. — H. 0,75; L. 0,90.

M. BOILEAU, chef d'escadron d'artillerie, à Paris.

82. *Promenade sur l'eau.* — Étang bordé de grands arbres; barque montée par des dames, poussée du rivage par le batelier. — H. 0,39; L. 0,73; ov.; s. et d. 1851.

83. *Halte en chasse.* — Forêt: cavalier et amazone arrêtés près d'une mare où leurs chiens se désaltèrent. — M. dim. (1853.)

84. *Coup de vent.* — Mer houleuse; ciel tourmenté; embarcation chargée de matelots. A l'horizon, une ville. — H. 0,22; L. 0,32; m. bl.; s. A. R.

85. *Bivouac de cavalerie à la lisière d'un bois.* — (Croquis.) — H. 0,15; L. 0,33; m. bl.; s. A. R.

M. DE BOLLEMONT (Charles).

86. *La Fête-Dieu.* — Jeunes filles et enfants préparant un reposoir, près d'un bouquet de grands arbres. — H. 0,35; L. 0,45; m. bl.; s. et d. 1, 1838.

87. *Souvenir de Suisse.* — Glaciers et montagnes: des sapins et un châlet; sur le devant, un lac; deux bergères gardant des vaches. — H. 0,90; L. 0,70; ov.; s. et d. 1853.

88. *Id.* — Glaciers et montagnes boisées; nappe d'eau; dames qui pêchent à la ligne dans une barque. — M. dim.; s. et d. 1853.

Mme la comtesse de BONY.

89. *Moulin entouré de saules.* — H. 0,20; L. 0,27; s. A. R.

M. BOUCHOTTE (Émile).

90. *Bords de la Nied.* — Prairie; troupeau de vaches; combat de taureaux. — H. 0,57; L. 0,92. (Fait vers 1840, retouché en 1853.)

M. BOULANGÉ (Édouard), avocat.

91. *Chemin dans les bois.* — Clairière; ciel bleu; arbres jaunissants; petites filles gardant des vaches. — H. 0,34; L. 0,45. (Vente 1855, n° 20.)

92. *Étables dans les Pyrénées.* — Vaches au premier plan et dans les étables; fond de montagnes. — H. 0,34; L. 0,48.

M. BOULANGÉ (G.), ingénieur en chef, à Napoléonville.

93. *Mare dans les bois.* — Au bord, sur un tertre, grand chêne très-sombre. Effet de soir; ciel chargé. — H. 0,85; L. 0,52; s. et d. 1853.

M. de BOUTEILLER.

94. *Chien de Terre-Neuve sur une plage.* — H. 0,40; L. 0,50. (Vente de 1855, n° 43.)

M. BUCHILLOT, naturaliste.

95. *Vaches dans une prairie.* — Fonds boisés, dans l'ombre. — H. 0,35; L. 0,30; m. bl.

96. *Cochons sous un tertre.* — Temps couvert. — H. 0,45; L. 0,37; m. bl.; s. A. R. 1850.

M. CASTERÈS.

97. *Chemin entrant dans des taillis.* — Terrains vagues sur la gauche; sept petites vaches. Ciel bleu nuageux. — (Croquis.) — H. 0,29; L. 0,37; m. bl.; s. A. R.

M. CHATELIN, percepteur, à Longwy (Moselle).

98. *Pêche aux grenouilles.* — H. 0,29; L. 0,39; m. bl.

M. COLLARD (Charles), à Paris.

99. *Moines à matines.* — Clair-chênes: allée où cheminent deux à deux quatre moines vêtus d'un froc blanc avec un capuchon noir. Ciel bleu, où se dessine encore le croissant de la lune; effet du soleil levant. — H. 0,53; L. 0,60; s. et d. 1844.

100. *La Chaumière lorraine.* — H. 0,64; L. 0,53. (Exp. Paris, 1846, n° 2062; Metz, 1852, n° 259.)

Tableau cité en première ligne par A. de la Fizelière, dans une revue critique du Salon de 1846 :

« La *Chaumière lorraine*, le *Coup de vent* (n° 405), la *Pâture dans les bois*, (n° 137), sont des œuvres de premier ordre. Les artistes ont souvent admiré chez Régnier ou chez Desforges, parmi les meilleures peintures de notre école, les beaux pastels de M. Rolland; mais jamais ce paysagiste distingué n'avait atteint une puissance de couleur, ni une vérité de lumière aussi saisissante que dans les ouvrages que nous venons de citer. »

101. *Le Pavillon.* — Dans un parc, à gauche, sur une terrasse avancée, un kiosque; au centre, un massif de chênes; à droite, une eau qui se perd et les bois: ombre des arbres et nuages reflétés dans l'eau; canards se détachant comme des points lumineux. — H. 0,50; L. 0,63. (Exp. Paris, 1846, n° 2064.)

102. *Chaumières.* — Effet de soleil couchant. — H. 0,23; L. 0,41; s. A. R. (Fait à Paris, 1846.)

103. *Repos dans les bois.* — H. 0,31; L. 0,25. (Id.)

104. *Gardeuse de moutons.* — H. 0,34; L. 0,40. (Id.)

105. *Vaches près d'un ruisseau.* — (Croquis.) — H. 0,35; L. 0,49; s. A. R.

106. *Vaches abandonnées.* — M. dim.; s. A. R.

107. *Jeune fille traversant l'eau pour aller chercher sa vache.* — H. 0,60; L. 0,47.

108. *Étables dans les Pyrénées.* — H. 0,87; L. 0,63.

109. *Vaches dans la plaine.* — (Croquis.) — H. 0,32; L. 0,39. (Fait à Paris, 1855.)

110. *Vaches conduites au bois.* — H. 0,37; L. 0,51. (Id.)

111. *Vaches et moutons à l'entrée d'un taillis.* — Arbres légers. Effet lumineux. — H. 0,39; L. 0,43; s. A. R. (Id.)

112. *Piqueurs à cheval au carrefour d'un bois.* — H. 0,44; L. 0,36. (Id.)

113. *Deux chiens de Terre-Neuve sur le bord de la mer.* — H. 0,44; L. 0,58. (Id.)

114. *Moutons.* — Des ruines; horizon de côtes vagues. — (Peint. à l'huile.) — H. 0,34; L. 0,40; s. A. R.

115. *La Vedette.* — Cuirassier à cheval, le pistolet au poing, dans des roseaux. — (Id.) — H. 0,48; L. 0,67.

116. *Soleil couchant.* — Trois hérons dans un marais. — H. 0,27; L. 0,37; s. A. R.

117. *Moissonneuses.* — Champ de blé à la lisière d'un bois. — H. 0,42; L. 0,33; ov.

118. *Pêcheur à la ligne.* — Soleil couchant. — M. dim.; id.

119. *Effet d'automne.* — Des chênes; paysan et jeune fille conduisant boire une vache. — H. 0,53; L. 0,39. (1859.)

M. COLLIGNON, ancien négociant.

120. *Femme lisant dans un bois.* — Effet de printemps. — H. 0,54; L. 0,69; s. et d. 1842. (Vente de 1855, n° 34.)

121. *Marais dans les bois.* — Grands arbres. Cinq vaches dans les roseaux. — H. 0,54; L. 0,65. (Id., n° 27.)

M. COLLIGNON, commissaire-priseur.

122. *Terrains vagues.* — Arbres clair-semés; végétation pauvre; ciel nuageux. — H. 0,30; L. 0,52; m. bl.

123. *Clairière.* — Dans les bois: massif sur la droite. Un faucheur et quelques vaches. Nuages blancs sur un ciel bleu. — M. dim.

M. COLLIN, instituteur.

124. *Monastère.* — Au pied du monticule, quelques maisons; fond de montagnes. Ciel nuageux. — H. 0,35; L. 0,50; m. bl. (1858.)

M. de CORNY.

125. *Calypso.* — Portrait d'une chienne de chasse. — H. 0,52; L. 0,66. (Vente de 1855, n° 35.)

M. CRAS, peintre.

126. *Coteaux boisés.* — Groupes d'arbres étagés sur deux pentes qui se rejoignent et forment un petit vallon. — H. 0,80; L. 0,45.

M. CRÉMIEUX, ancien ministre, à Paris.

127. *Bords de rivière.* — Vastes prairies où serpente une rivière: au premier plan, de grandes herbes, quelques buissons, deux saules; six vaches; pâtre pêchant à la ligne. Pleine lumière. — H. 0,65; L. 0,90.

M. CUNY (Albert), architecte de la ville de Lunéville.

128. *Pèlerinage.* — Chapelle rustique au pied d'une montagne. — (Croquis à la mine de plomb.) — H. 0,08; L. 0,13; s. A. R.

129. *L'Abri.* — Dans les prés: gros arbre sous lequel s'abritent deux enfants, qui gardent un troupeau de vaches. — H. 0,39; L. 0,55. (Vers 1836.)

M. de CUREL (Léonce).

130. *Famille de jeunes renards.* — H. 0,58; L. 0,95. (Vente de 1855, n° 32.)

131. *Troupe de marcassins.* — M. dim. (Id., n° 33.)

Mme O. CUVIER.

132. *Chaumières.* — Barrage; eaux dormantes; saules. Ciel nuageux, d'un bleu gris. — (Croquis.) — H. 0,24; L. 0,33; n. s.

133. *Vaches au repos.* — Six vaches sur le devant d'un bois. Restes de brouillard dissipés par le soleil. — H. 0,40; L. 0,55; m. bl. (1853.)

M. DAGUERRE (Léon), à Paris.

134. *Étang.* — Pêcheur sur un bateau. — H. 0,35; L. 0,47.

135. *Vaches dans une prairie.* — M. dim.

M. DAIREAUX, à Paris.

136. *Chemin dans les bois.* — A gauche, de grands arbres éclairés par le soleil; à droite, des massifs dans l'ombre. Sur le

chemin, qui monte, une bergère, vue de dos, s'éloigne avec des moutons. Ciel d'été; quelques nuages légers sur un fond bleu. — H. 0,63; L. 0,48.

137. *La pâture dans les bois.* — Bois de chênes: au premier plan, quatre vaches dans de grandes herbes et des eaux marécageuses; d'autres vaches au second plan, dans les clairières. Ciel d'été nuageux; reflets de soleil dans l'eau. — M. dim. (Exp. Paris, 1846, n° 2059.)

Mlle DELCROIX.

138. *Giswil.* — Souvenir de Suisse. — Un village au milieu d'une prairie; fond de montagnes et de glaciers. — H. 0,37; L. 0,50; m. bl.; s. et d. (sur la marge) 9, 1836.

Mme DESROBERT (Raymond).

139. *Cigognes au bord d'un étang.* — Effet de brume. — H. 0,41; L. 0,32.

Mme DESVIGNES, à Neuilly.

140. *Mare dans les bois.* — Au premier plan, à gauche, une mare où des vaches viennent s'abreuver; au second plan, le fourré et l'ombre, de grands chênes. Ciel d'été, quelques nuages orageux. — H. 0,66; L. 0,51; s. et d. 1853.

Tableau offert à V. F. Desvignes, fondateur de l'École de musique de Metz, qui venait lui-même de dédier à A. Rolland une mélodie intitulée: *Retraite*, la dernière qu'il ait publiée, l'avant-dernière qu'il ait écrite.

L'excellent Desvignes était venu à Rémilly plusieurs fois dans le cours des deux années précédentes; déjà miné par la maladie et sentant bien que ses forces allaient le trahir, il s'était pris (chose nouvelle pour cet homme d'une fiévreuse activité) à envier le séjour de la campagne, la solitude et la paix profonde. C'est sous cette impression qu'il mit en musique des paroles qu'il avait pour ainsi dire dictées lui-même et qui faisaient suite à une poésie d'Adolphe Rolland: *Fauvette et Hibou*. La Fauvette, amie de la ville et que le Hibou avait essayé en vain de convertir, se repent et vient le rejoindre:

Sors de ton arbre solitaire,
Sage hibou, grondeur austère,
Dont j'ai méprisé les leçons.
Ah! puissé-je dans cet asile
Retrouver l'oubli de la ville
Et la gaîté de mes chansons!...

La lettre de remerciment est du 16 mai 1853. Ce qui ravissait Desvignes dans ce paysage, c'était le calme et la tranquillité qu'il respire. *Tranquillité, retraite*: ses derniers vœux. Avant la fin de cette même année, le 30 décembre, il s'éteignit.

M. DEVILLY (Théodore), peintre.

141. *Renardeau et Hérisson.* — Lith. par E. Le Roux, pl. 16. — (Peint. à l'huile). — H. 0,31; L. 0,40; s. et d. 1847.

142. *Sanglier en éveil.* — Un sanglier vu de dos près d'une souche d'arbre, se retourne pour écouter. — (Id.) — H. 0,64; L. 0,56; s. A. R.

143. *Loup tué.* — Étendu sur la neige. Bois indiqué dans le fond. — (D'après nature.) — H. 0,54; L. 0,72; n. s.

144. *Renard pendu contre un mur.* — (Id.) — M. dim.

145. *Dindons ramenés des champs.* — Lith. par E. Le Roux, pl. 35. — H. 0,48; L. 0,64. (Exp. Metz, 1856, n° 147.)

146. *La Meute.* — Onze chiens courants débuchant du bois pour prendre la plaine. — H. 0,44; L. 1,18.

147. *La Soupe trop chaude.* — Intérieur d'un chenil; quatre chiens attendent autour d'une gamelle de soupe fumante. — H. 0,87; L. 1,15.

148. *Id.* — (Esquisse au crayon.) — H. 0,15; L. 0,22. — Variante: un chien de plus, et, au lieu de la muraille pleine d'un intérieur de chenil, l'indication sommaire d'une palissade.

Les sept tableaux qui viennent d'être énumérés sont peints à l'huile, sans exception: c'est une singularité dans ce catalogue; elle vaut la peine d'être expliquée. M. Devilly est un des très-rares amis d'A. Rolland qui l'aient sans cesse exhorté à quitter le pastel pour peindre à l'huile et qui aient osé lui affirmer que son talent n'avait rien à perdre au changement. Le choix des tableaux qui lui appartiennent montre à quel point il en était convaincu; en voyant la *Meute* et la *Soupe trop chaude*, on incline à croire qu'il n'avait pas tort. Nous nous plaisons à rappeler que Th. Devilly est un des hommes dont A. Rolland a le plus aimé la personne et le talent. Il possédait de lui trois ouvrages, datant tous trois des brillants débuts de sa carrière: le *Tombeau*, dessin à la plume, exposé en 1836; un *Hallebardier*, à l'aquarelle, et un petit tableau à l'huile qui représente un *Moine en méditation dans la solitude*.

M. DIEU, docteur en médecine.

149. *Vaches à la lisière d'une forêt.* — H. 0,40; L. 0,57; s. et d. 1857.

M. DILSCHNEIDER, ingénieur des ponts et chaussées, à Nancy.

150. *Vaches traversant un ruisseau.* — Au premier plan, un ruisseau que traversent sept vaches; au second, un bois dans lequel pénètre le sentier qu'elles vont suivre. — H. 0,80; L. 1,05.

151. *Vaches en pâture autour d'une mare.* — Au second plan, un chêne immense; au fond, une prairie semée de bouquets d'arbres. Ciel bleu nuageux, après un bon orage de la mi-juin. — M. dim.

Mme DUBOIS, à Paris.

152. *Étang dans les Pyrénées.* — Deux barques avec personnages. — H. 0,40; L. 0,60. (1845.)

153. *Terrasse sur un lac.* — H. 0,33; L. 0,43. (Id.)

154. *Laie et marcassins.* — H. 0,52; L. 0,41. (1846.)

155. *Sangliers sous bois.* — H. 0,44; L. 0,62. (Id.)

156. *Carrières.* — H. 0,32; L. 0,39. (1855.)

157. *Crépuscule.* — Train en marche sur un chemin de fer. — H. 0,29; L. 0,46; s. A. R.

158. *Sangliers fuyant.* — (Étude.) — H. 0,37; L. 0,49. (1857.)

Mme DUBUISSON.

159. *Gardeuse de moutons.* — Ov.; m. bl.

M. ESTRE, médecin, à Rémilly.

160. *Deux cavaliers dans une gorge.* — Rochers de chaque côté du chemin; bouquet d'arbres dans le fond. — H. 0,67; L. 0,51.

161. *Trois hérons dans une mare.* — Peupliers frappés par le soleil couchant. — M. dim.

162. *Troupeau de vaches en pâture.* — Lisière d'une forêt; pleine végétation. — H. 0,67; L. 0,90.

M. FABRICIUS (Édouard).

163. *Souvenir du Jura.* — Bois, horizon de montagnes, vaches sur un tertre. — H. 0,60; L. 0,97; s. et d. 1842. (Vente de 1855, n° 36.)

164. *Vaches au gué.* — H. 0,55; L. 0,95. (1858.)

M. FAIVRE (Émile), peintre.

165. *Chevreuils dans une clairière.* — Taillis; de gros chênes au fond; deux chevreuils dans les grandes herbes; ciel à grands nuages blancs et gris. — H. 0,52; L. 0,65. (Exp. Metz, 1856.)

Mme FRÉCOT, à Maizery (Moselle).

166. *Futaie au bord de l'eau.* — Roseaux; femme appuyée contre un arbre mort. — H. 0,43; L. 0,60. (Vente de 1855, n° 30.)

M. FRÉCOT, ingénieur en chef, à Toulouse.

167. *Renard assis.* — Le même que celui de la pl. 19. — H. 0,23; L. 0,18; s. et d. 1850. (Vente de 1855, n° 11. Prix: 250 fr.)

168. *Vaches dans des roseaux.* — Marécages; quatre vaches. — H. 0,55; L. 0,72; s. et d. 1854. (Id., n° 10.)

169. *Soleil couchant.* — Lac bordé d'arbres; un cerf au bord de l'eau. — H. 0,67; L. 0,83; ov.; s. et d. 1854.

170. *Deux hérons dans un marais.* — M. dim.

M. FRESNEY.

171. *Tuilerie.* — Effet de givre. — H. 0,40; L. 0,60. (Vente de 1855, n° 42.)

M. de GALHAU, à Vaudrevanges (Prusse rhénane).

172. *Cerfs et biches sur un tertre.* — H. 0,65; L. 0,89; s. A. Rolland et Wintz, 1853.

173. *Sanglier coiffé.* — H. 0,72; L. 0,96. (1853.)

174. *Taureau et vaches.* — Un taureau, deux vaches, gardés par un pâtre. — H. 0,97; L. 0,75. (Id.)

175. *Moutons au repos.* — H. 0,30; L. 0,40; ov. (1856.)

Mme GALLICE, née ROLLAND, à Metz et à Rémilly.

176. *Geai prenant son vol.* — H. 0,30; L. 0,40; m. bl.; n. s.

177. *Volaille et gibier.* — Une poule blanche tachetée de noir, un canard, un geai et une perdrix. — (Nature morte.) — H. 0,42; L. 0,56; m. bl.; s. et d. (en marge) 1837.

178. *Lièvre mort.* — Lièvre et perdrix; un sac et quelques autres objets de chasse. — M. dim.; s. A. R. 1837.

179. *L'Enrôlement du bandit.* — Lith. par E. Le Roux, pl. 4. — H. 0,30; L. 0,39; s. et d. 1838. (Exp. Paris, 1839, n° 1826; Metz, 1852, n° 252.)

180. *Le Chaume.* — Lith. par J. Laurens, pl. 9. — H. 0,45; L. 0,60; s. et d. 8, 1842. (Exp. Metz, 1842, n° 98.)

Tableau dont A. de la Fizelière disait dans l'*Artiste* (27 novembre 1842): « M. Auguste Rolland a consacré ses crayons suaves à une charmante strophe de son frère... enlevé si jeune à la poésie, qui lui souriait de son plus mélancolique sourire... L'amour d'un frère qui n'est plus et une muse amie se sont unis dans un pieux concert pour porter dans le cœur de l'artiste l'inspiration du poëte, et M. Rolland a produit son plus ravissant pastel. »

Déjà gravé à l'eau-forte par A. Malardot et publié avec le texte de la poésie d'Ad. Rolland, l'*Ile qu'on rêve à quinze ans*, et une mélodie inspirée également par cette poésie à Raphaël Maréchal. La réunion de ces trois ouvrages, nés d'une même pensée, offrait un symbole de l'*Union des Arts* (janvier 1851).

181. *Le Clocher de Rémilly.* — Au premier plan, les tombes de J. F. Rolland et d'Ad. Rolland, ombragées par de grands arbres: disposition et paysage imaginaires. — H. 0,42; L. 0,30; m. bl.; s. A. R. 1843.

182. *L'Abreuvoir.* — Grands arbres au bord de l'eau; au premier plan, des vaches qui s'abreuvent, une jeune fille et un enfant; ciel bleu pâle, nuages blancs. — H. 0,65; L. 0,55; ov.; s. et d. 1847.

183. *La Pêche à la ligne.* — De grands arbres à cime arrondie; au premier plan, des dames qui pêchent à la ligne; soleil couchant. — M. dim.; m. sign.

184. *Massif d'arbres.* — Petits personnages assis à l'ombre. — (Croquis.) — H. 0,07 ; L. 0,09 ; n. s.
185. *Chemin entre deux bois.* — Deux personnages ; au fond, une ville. — (Id.) — M. dim.
186. *Les Mares de Breuil.* — Lith. par Français (en frontispice). — H. 0,41 ; L. 0,57 ; m. bl. (Exp. Metz, 1850, n° 162 ; 1852, n° 270 ; 1861, n° 715.)

Tableau très-remarqué à l'exposition de 1850 et qui a fait époque, comme le *Village lorrain*, dans la carrière artistique de l'auteur. — La lithographie reproduite au frontispice de l'Album, a déjà été publiée par l'*Union des Arts* en 1851.

187. *Sanglier blessé.* — (Croquis.) — H. 0,19 ; L. 0,26 ; m. bl. ; n. s. (1850.)
188. *Sanglier vermillant.* — (Id.) — M. dim.
189. *Troupeau de cochons.* — Lith. par E. Le Roux, pl. 24. — H. 0,38 ; L. 0,56 ; s. A. R. 1852.
190. *Bohémienne.* — H. 0,25 ; L. 0,20 ; m. bl. ; s. 1852, A. R., 14 juillet.
191. *Bohémien.* — M. dim.
192. *Bords de la Moselle.* — D'après un croquis de M. Maréchal. — H. 0,18 ; L. 0,26 ; m. bl. ; n. s. (1856.)
193. *Une barque.* — Rive semée d'arbres. Effet du soir. — H. 0,32 ; L. 0,42 ; m. bl. (Exp. Metz, 1856, n° 137.)
194. *Pêcheur à la ligne.* — (Peint. à l'huile.) — H. 0,44 ; L. 0,35. (Exp. Metz, 1856, n° 117, sous ce titre : *La Paix du cœur.*)
195. *Pic de Bolivie.* — (Id.) — H. 0,32 ; L. 0,24 ; s. A. R. (Id., n° 127.)
196. *Moines dans un bois,* — Forêt de hêtres ; deux moines. — (Id.) — H. 0,54 ; L. 0,43. (Id., n° 149.)
197. *Amazone.* — Une amazone vêtue de noir, sur un cheval gris pommelé, avec un lévrier noir ; fond de paysage. — (Id.) — H. 0,55 ; L. 0,65. (Id., n° 130.)
198. *Étude de chêne.* — Copie du paysage au pastel intitulé : *Octobre.* Pl. 23. — (Id.) — H. 0,43 ; L. 0,35.
199. *Chouette Arfang.* — Oiseau blanc perché sur une branche couverte de neige. — (Id.) — H. 0,72 ; L. 0,39 ; s. A. R.
200. *Un presbytère.* — Toit de chaume ; pignon rustique, tapissé de fleurs, inondé de soleil ; des ruches ; des canards dans une flaque d'eau ; un prêtre en cheveux blancs lit son bréviaire. — (Id.) — H. 0,43 ; L. 0,50. (Exp. Metz, 1858, n° 161.)
201. *Porcs.* — Des porcs fouillant la terre ; collines bleuâtres ; un bout de ciel bleu sombre avec des taches lumineuses. — (Id.). — H. 0,16 ; L. 0,30 ; s. A. R. (Id., n° 163.)
202. *Vaches au repos sous des chênes.* — (Id.) — H. 0,36 ; L. 0,58 ; s. A. R. (Id., n° 166.)
203. *Vaches en pâture sur des rochers.* — H. 0,36 ; L. 0,43. (Id., n° 151.)
204. *Broussailles avec vaches et enfants.* — Ciel orageux. — M. dim. (Id., n° 158.)
205. *Étalon belge.* — Poules picorant dans la litière. — H. 0,59 ; L. 0.74. (Id., n° 132.)
206. *Cheval bai et chien de Terre-Neuve.* — M. dim.
207. *Chênes et rochers.* — Signé sur un des rochers du premier plan. — H. 0,42 ; L. 0,68.
208. *Une basse-cour à Rémilly.* — Lith. par E. Le Roux, pl. 31. — M. dim. (Exp. Metz, 1858, n° 137.)

C'est la basse-cour de l'auteur lui-même, précisément telle qu'elle se trouva composée au moment où il eut l'idée de la peindre : des pigeons, des poules ; à côté du coq, les oies au col de cygne ; dans un coin, une poule d'eau et une mouette ; et plus loin, sur le fumier, la cigogne familière et le héron.

209. *Effet de neige.* — Chariot chargé de troncs d'arbres ; quatre chevaux de maître, conduits par un domestique en livrée, dans un chemin qui longe un bois ; ciel gris avec des percées. — H. 0,75 ; L. 1,00.
210. *La Fenaison.* — Voiture chargée de foin, attelée de quatre chevaux ; à leurs pieds, un chien épagneul ; à droite, deux faneurs ; à gauche et au fond, trois faucheurs ; ciel gris et bleu. — M. dim. ; n. s.
211. *Vase de fleurs.* — Vase posé sur une table de marbre ; bouquet de pivoines, de trémières et d'autres fleurs ; un linge blanc et un nid d'oiseaux ; fond de ciel. — (Inachevé.) — H. 0,80 ; L. 0,65.
212. *Verdière et moineau franc.* — H. 0,12 ; L. 0,19 ; m. bl. ; n. s. (1859.)
213. *Bouvreuil.* — M. dim. (Id.).

M. GANDAR (Adolphe), notaire, à Rémilly.

214. *Monument de Turenne à Saltzbach.* — (Mine de plomb.) — H. 0,16 ; L. 0,11 ; s. A. R. 1832.
215. *Nature morte.* — Bécasse, perdrix rouge et perdreau gris ; souris grignotant un pain ; deux radis ; fond noir. — H. 0,36 ; L. 0,53 ; m. bl. ; n. s. ; d. 2, 1835.
216. *Id.* — Brochet, carpe et bourriche d'huîtres. — M. dim. ; d. 3, 1835.
217. *Vallée de Lauterbrunn* (Suisse). — Châlet au pied de grands arbres ; fond de montagnes. — H. 0,41 ; L. 0,33 ; m. bl. ; s. et d. 8 (par erreur ; il faut lire : 10, qui signifie octobre), 1836.
218. *Stanz* (Suisse). — Sortie de la ville ; clocher ; vieux noyer ; chèvres et deux vaches conduites par un petit pâtre ; deux femmes. — M. dim. ; s. et d. 3, 1837. (Exp. Metz, 1837.)
219. *Voyage en Savoie.*

Album de voyage (juin-août 1837). Croquis, datés de Genève, 23 juin, et de la Grande-Chartreuse, août. Dans l'intervalle, vingt jolis dessins faits d'après nature à Aix et sur les bords du lac.
Sur les dernières feuilles du même Album : des esquisses et projets de tableaux *(La Saint-Hubert ; vautour des Alpes ; la dernière voiture de foin)* ; des études de *Loups* ; des hures et pattes de sangliers, d'après nature (décembre 1840) ; *Lo bé Mârice*, scène tirée du poëme patois de *Chan Heurlin*, dont A. Rolland aimait à réciter des vers.

220. *Les Baigneuses.* — Intérieur de forêt. — H. 0,51 ; L. 0,71 ; n. s. (Exp. Metz, 1842, n° 84. Signature effacée sous des retouches.)
221. *Halte de Bohémiens dans une forêt.* — H. 0,58 ; L. 0,72 ; s. et d. 1844. (Exp. Metz, 1844, n° 97.)
222. *Écurie.* — Cinq vaches. — (Peint. à l'huile.) — H. 0,23 ; L. 0,32 ; n. s.
223. *Deux vaches à l'étable.* — (Id.) — M. dim.
224. *Effet de nuit.* — Rivière, massif d'arbres, nuages éclairés par la lune. — (Croquis.) — H. 0,32 ; L. 0,46 ; n. s.
225. *Loup aux aguets.* — Lith. par J. Laurens, pl. 17. — H. 0,41 ; L. 0,50 ; m. bl. ; n. s. (1847. Retouché plus tard.)
226. *Ruines.* — (Croquis.) — H. 0,23 ; L. 0,18 ; m. bl. ; s. A. R. (1850.)
227. *Sanglier blessé.* — Le même que le n° 187. — H. 0,21 ; L. 0,28 ; m. bl.
228. *Buisson.* — Ciel bleu, rayon de soleil. — (Croquis.) — H. 0,11 ; L. 0,08 ; m. bl. ; n. s.
229. *Hérons.* — Copie du n° 269. — H. 0,32 ; L. 0,26 ; ov. ; n. s.
230. *Bords de la Nied.* — Lith. par J. Laurens, pl. 22. — H. 0,22 ; L. 0,30 ; m. bl. (1851.)
231. *Deux biches dans une clairière.* — H. 0,44 ; L. 0,34 ; s. A. R. (1852.)
232. *Cochons au repos.* — Terrains boisés et vagues. — M. dim. (Exp. Metz, 1856, n° 141.)
233. *L'Orage.* — Taureaux et moutons effrayés par un coup de foudre. — H. 0,37 ; L. 0,52 ; m. bl. (Id., n° 125.)
234. *Octobre.* — Copie du n° 276. — H. 0,37 ; L. 0,32. (Exp. Metz, 1861, n° 717.)
235. *Effet d'éclipse.* — (Croquis.) — H. 0,28 ; L. 0,35 ; m. bl. ; n. s.
236. *Chaumière.* — Verger fermé par une palissade ; canards au bord d'une flaque d'eau. — (Croquis à l'huile.) — H. 0,21 ; L. 0,31 ; n. s.
237. *Bords de la Nied.* — Vaches en pâture ; bouquets de chênes ; ciel nuageux. — (Id.) — H. 0,34 ; L. 0,53 ; n. s.
238. *Duel de sangliers.* — Dans la neige ; six témoins. — (Peint. à l'huile.) — H. 0,38 ; L. 0,57. (Fait en 1855 ; Exp. Metz, 1861, n° 734.)
239. *Étable dans les Pyrénées.* — H. 0,33 ; L. 0,49.
240. *Queue d'étang.* — Chênes sur la rive ; en plein été. — H. 0,61 ; L. 0,75. — (Exp. Metz, 1858, n° 135 ; 1861, n° 724.)
241. *Crépuscule.* — (Croquis.) — H. 0,15 ; L. 0,23 ; m. bl. ; ov. ; n. s.
242. *Cigognes.* — Dans un étang ; soir et brume. — (Id.) — H. 0,13 ; L. 0,25 ; m. bl. ; n. s.
243. *Barque au bord d'un lac.* — H. 0,77 ; L. 0,62 ; ov. ; m. bl. ; n. s.
244. *Marine.* — Pêcheur appareillant une barque au pied d'une falaise ; ciel nuageux ; deux mouettes. — H. 0,37 ; L. 0,54 ; m. bl. ; n. s.
245. *Martin pêcheur.* — H. 0,20 ; L. 0,15 ; m. bl. ; n. s. (1859.)
246. *Troupe de sangliers lancés.* — Sept sangliers courant à toute vitesse ; le premier et le septième coupés par le cadre ; terrains nus ; ciel chargé de gros nuages. — H. 0,47 ; L. 0,66.

Un des derniers ouvrages de l'auteur, qui retouchait aux fonds quelques jours avant sa mort, lorsque le crayon lui tomba des mains.

M. GANDAR (Eugène), professeur, à Paris et à Rémilly.

247. *Voyage à Londres.* — Petit album (1828).

Croquis pris en chemin, à Rouen, à Dieppe — puis à Londres, du 22 mai au 3 juin — et, au retour, sur les côtes d'Angleterre et de France. — Vues de monuments et détails d'architecture ; silhouettes et costumes ; quelques études d'animaux. — Des notes et un quatrain d'Ad. Rolland. — A la fin de l'Album, des dessins faits au Père Lachaise (fin de juin 1828).

248. *Vignettes* (1833).

Poésies d'Ad. Rolland, écrites de sa main : c'est l'*Album* qui a formé la première partie du volume recueilli en 1837 par les soins de L. C. Valette. Seize petits dessins à la plume d'A. Rolland remplissent en partie les blancs laissés dans la copie. Les principaux sont un *Chasseur tirant un chevreuil*, un *Naufragé*, un *Corbeau planant au-dessus d'un champ de bataille*, un *Tête-à-tête* sous les ombrages du Luxembourg :

Au sein de la ville,
Il est un asile
Où l'amour s'exile
Sous de vieux tilleuls.
Viens : malgré le monde,
Sa paix est profonde,
Sa paix est profonde
Et nous serons seuls...

Quelle douce haleine
Embaumait, ma reine,
Tes tresses d'ébène
Des parfums du soir,
Quand dans cette allée
Du monde isolée,
Timide et voilée,
Tu venais t'asseoir !...

249. *Profil de femme.* — (Au crayon noir.) — H. 0,22 ; L. 0,17 ; n. s. ; d. 1833.

250. *Vaches au gué.* — Horizon des côtes de Metz ; ciel bleu. — H. 0,18 ; L. 0,29 ; m. bl. ; n. s. — Sur la marge blanche, l'auteur a écrit plus tard ces mots : *Mon premier pastel.* 1834.

251. *Portrait d'Ad. Rolland.* — De face et debout, encapuchonné dans une couverture. — H. 0,52 ; L. 0,42 ; m. bl., n. s. ; daté sur le bord de la couverture : 1835.

Essayé à deux reprises. L'autre étude (H. 0,32 ; L. 0,39) représente Ad. Rolland de profil, en robe de chambre, assis près d'une table couverte d'un tapis bleu, et « *lisant Dom Calmet ;* » Plusieurs gros livres jonchent le plancher, derrière son fauteuil. Elle a été faite à Metz, au mois de mars 1835. Ces deux ébauches n'ont d'autre mérite que celui du souvenir. C'est à la fin de la même année qu'A. Rolland vit M. Maréchal faire de son frère un véritable portrait, qui joignait au mérite de la ressemblance toute la valeur artistique que les pastels de M. Maréchal avaient déjà à cette époque.

252. *Environs de Barèges.* — Maison rustique à pignon triangulaire, entre deux bouquets d'arbres ; fond vague de montagnes. — (Mine de plomb.) — H. 0,14 ; L. 0,31 ; s. A. R. 1835. (Exp. Metz, 1836, n° 88.)

253. *La Lecture pieuse.* — Un vieux curé faisant lire une jeune fille. — (Id.) — H. 0,27 ; L. 0,22. (Exp. Metz, 1836, sous le même numéro ; 1852, n° 249.)

254. *Chouette morte.* — Clouée, les ailes étendues, sur une porte de grange. — H. 0,36 ; L. 0,30 ; m. bl. ; s. A. R. 1836. (Exp. Metz, 1836, n° 86 ; 1852, n° 248.)

255. *Voyage en Suisse.* — (Septembre 1836.)

Album de voyage. — Vues prises notamment à Stanz, à Giswil, dans la vallée de Lauterbrunn, à Thunn. — Un portrait, à Zug. — Des études d'ours et d'aigle faites à Berne ; un chamois ; un chien : « *le vieux Barry*, qui a sauvé la vie à vingt-deux voyageurs sur le grand Saint-Bernard. » — Le même Album contient des études de chênes faites à Rémilly au mois de juin 1837.

256. *Vallée de Lauterbrunn* (Suisse). — H. 0,37 ; L. 0,51 ; m. bl. ; s. et d. 10, 1836.

257. *Environs de Pau.* — Paysan avec son chien et une charrette trainée par deux vaches, dans un chemin sablonneux ; deux arbres sur un tertre ; habitations cachées par un massif. Ciel bleu lumineux ; vapeurs transparentes. — H. 0,41 ; L. 0,56 ; m. bl. ; s. et d. (en marge) 3, 1837. (Exp. Metz, 1837, n° 159.)

258. *Les Tribulations d'un pêcheur à la ligne.*

Huit assiettes de faïence dessinées au Bois-Dépense en 1838. Caricatures dans le genre de Grandville. Le pêcheur est fort ressemblant malgré son bec de cigogne.

259. *Près du village.* — Pâturages ; un vieux chêne ; six vaches gardées par deux petites filles ; au second plan, des maisons et un clocher. Gros nuages blancs sur un ciel bleu. — M. dim. (Vers 1840.)

260. *Buste de femme.* — H. 0,63 ; L. 0,44 ; n. s.

261. *Souvenir du Jura.* — Pâturages boisés ; ciel clair des pays hauts, lumineux sans soleil. — (Croquis.) — H. 0,24 ; L. 0,35 ; n. s.

262. *Mare entourée de bois.* — Fonds boisés ; brume et soleil ; deux cigognes dans les roseaux. — H. 0,33 ; L. 0,46. (Fait à Paris, juillet 1845.)

263. *Intérieur de forêt.* — Soleil jouant dans une futaie de hêtres. — H. 0,39 ; L. 0,58. (D'après nature, à Fontainebleau, 1845.)

264. *Crépuscule.* — Silhouette d'une lisière de bois ; ciel obscur ; croissant de lune. — (Croquis.) — H. 0,16 ; L. 0,28 ; m. bl. ; n. s. (Fait à Paris, avril 1846.)

265. *Clair de lune.* — Une rivière ; à l'autre bord, des massifs d'arbres ; au premier plan, deux vaches. Nuages blanchis par la lune sur un fond de ciel obscur. — H. 0,39 ; L. 0,31 ; m. bl. ; n. s. (Fait à Metz, 1847.)

266. *Rayon de soleil.* — Arbres élancés ; ciel bleu. — (Croquis.) — H. 0,18 ; L. 0,14 ; m. bl. ; s. A. R.

267. *Été.* — Ravin dans un bois ou dans un parc ; au centre, des peupliers en pleine lumière ; silhouettes de femmes ; ciel bleu nuageux. — (Id.) — M. dim. ; s. A. R.

268. *Les Mares de Breuil.* — Pâturages marécageux ; au premier plan, de l'eau, de grandes herbes, cinq vaches ; au second plan, quelques jeunes chênes dans des terrains vagues ; ciel nuageux, chargé de pluie. — H. 0,28 ; L. 0,44 ; m. bl. ; n. s. (1848.)

269. *Hérons.* — Lith. par J. Laurens, pl. 18. — H. 0,31 ; L. 0,24 ; m. bl. ; ov. ; n. s. (Exp. Metz, 1850, n° 165 ; 1852, n° 264.)

Ce dessin, qui n'est pas même signé, offrait pour la première fois, un motif dont A. Rolland a donné plusieurs variantes. Il fut très-remarqué à l'exposition de 1850. Le *Courrier de la Moselle* en parlait ainsi : « Les *Hérons* sont une des œuvres les plus fines et les plus harmonieuses que M. Rolland ait jamais imaginées... Ils sont là tous deux sur *leurs longs pieds*, comme le gourmand pêcheur de La Fontaine, point au guet, mais immobiles, repliés sur eux-mêmes et résignés, bien tristes pourtant, à ce qu'il semble. C'est que l'onde n'est pas

« ... transparente ainsi qu'aux plus beaux jours. »

Le ciel s'est voilé, c'est à peine si l'on entrevoit encore un coin d'azur, et les brouillards annoncent une humide nuit de novembre : les roseaux et leurs longues plumes garantiront-ils du froid les pauvres oiseaux jusqu'aux premières brises du matin, jusqu'aux premiers rayons du soleil ?... Ils s'endorment à la grâce de Dieu. Ce que nous ne pouvons vous dire, c'est l'harmonie de ces oiseaux gris, de cette eau, de ces roseaux et de ce ciel : toute la poésie de M. Rolland est là. »

Le *Journal des Chasseurs* a donné dans sa livraison du 15 juillet 1862 une réduction de la jolie planche que J. Laurens avait faite pour notre Album. C'est par mégarde qu'on a négligé de mettre au bas des *Hérons gris* le nom du lithographe et celui du peintre.

270. *Cigognes.* — Une cigogne vue de profil et debout au premier plan ; au second plan, une cigogne vue de face et accroupie ; bord d'étang, roseaux, ciel d'été nuageux. — M. dim. ; n. s.

271. *Mare au bord des bois.* — Chêne et saules ; quatre vaches. — (Aquarelle.) — H. 0,14 ; L. 0,21 ; n. s. (Exp. Metz, 1852, n° 266.)

272. *Soleil couchant.* — Bois et marécages ; à droite, un groupe de jeunes chênes ; au premier plan, dans les eaux dormantes, reflets d'un ciel vivement coloré par les derniers rayons du soleil. — H. 0,41 ; L. 0,34 ; m. bl. (1850.)

273. *Ravin dans les bois.* — Ciel vaporeux, soleil couché. — H. 0,31 ; L. 0,25 ; m. bl. ; ov. ; n. s. (Id.)

274. *La Lecture.* — Mare et terrains escarpés ; un jeune cavalier et une dame assis et lisant au pied d'un gros chêne. Vapeurs et nuages sur un ciel bleu pâle. — H. 0,75 ; L. 0,60. (Exp. Metz, 1850, n° 157.)

275. *Soleil couché.* — Quatre baliveaux dans un taillis. — H. 0,47 ; L. 0,35. (Exp. Metz, 1852, n° 271.)

276. *Octobre.* — Lith. par Français, pl. 23. — H. 0,40 ; L. 0,31 ; s. et d. 1851. (Id., n° 280.)

277. *Sanglier blessé.* — Copie du n° 344. — H. 0,52 ; L. 0,76 ; s. A. R. (1852.)

278. *Digue d'étang.* — Peupliers jaunis par l'automne ; brume matinale dissipée par le soleil. — H. 0,43 ; L. 0,58.

279. *Troupeau de cochons.* — Terrains vagues ; arbres étêtés, malingres ; broussailles. Pâtre tenant son chien en laisse. Ciel nuageux. — H. 0,40 ; L. 0,59 ; s. et d. 1854.

280. *Moutons à la porte d'une chaumière.* — M. dim. ; s. et d. 1854.

281. *Étables dans les Pyrénées.* — Au premier plan, à droite, un berger debout ; au centre et à gauche, sept vaches, en avant d'une étable rustique construite entre deux rochers ; une autre étable au second plan ; au fond, des pics élevés. Ciel bleu parsemé de nuages blancs. — H. 0,82 ; L. 0,62 ; s. et d. 1854.

282. *Hérons et saules.* — Bords d'étang ; roseaux et têtes de saules ; deux hérons. Ciel nuageux. — H. 0,75 ; L. 0,60. (1854.)

283. *Cigognes dans les roseaux.* — Queue d'étang ; effet de soir. — H. 0,23 ; L. 0,42 ; m. bl. (Vente de 1855, n° 17.)

284. *Bords de rivière.* — Saules d'un vert tendre ; pâturages parsemés d'arbres ; de petites vaches. Matinée de juin. — M. dim. (1856.)

285. *La Chasse en plaine.* — Chasseurs s'apprêtant à tirer ; deux épagneuls en arrêt dans les chaumes. — (Peint. à l'huile.) — H. 0,31 ; L. 0,23 ; n. s.

286. *Chasseur à la lisière d'un bois.* — Temps gris. — (Id.) — H. 0,34 ; L. 0,25 ; n. s.

287. *Carrière dans les bois.* — Deux hommes chargeant de pierres un chariot attelé de quatre chevaux. — (Id.) — H. 0,54 ; L. 0,70.

288. *Taureau brun.* — H. 0,35 ; L. 0,50 ; m. bl.

289. *Queue d'étang, effet de neige.* — H. 0,48 ; L. 0,65. (Exp. Metz, 1856, n° 124 ; 1861, n° 721.)

290. *Sanglier coiffé.* — Lith. par E. Le Roux, pl. 34. — H. 0,75 ; L. 1,00. (Exp. Metz, 1856, n° 118 ; 1861, n° 720.)

291. *L'Agneau disputé.* — Deux loups dans la neige se disputant un agneau mort. — (Peint. à l'huile.) — H. 0,42 ; L. 0,58. (Exp. Metz, 1856, n° 145.)

292. *Chènevière au moulin de Bouligny.* — (Id.) — H. 0,38 ; L. 0,31 ; s. A. R. (Exp. Metz, 1858, n° 164.)

293. *Coq et poules.* — (Id.) — H. 0,18 ; L. 0,31 ; s. A. R. (Id., n° 160.)

294. *Cerfs, crépuscule.* — Un cerf, une biche et un faon dans une clairière ; quelques vieux arbres. — H. 0,75 ; L. 1,00. (Id., n° 157.)

295. *Pic perché sur une branche.* — H. 0,20 ; L. 0,15 ; m. bl. ; n. s. (1859.)

Mme GANTLET, à Rémilly.

296. *La Mêlée.* — Au pied d'une forteresse crénelée; chevaliers bardés de fer. — (Mine de plomb.) — H. 0,11; L. 0,16; n. s.

297. *Rouge-Queue, pris à une sauterelle.* — H. 0,19; L. 0,10; m. bl.; n. s.

298. *Hirondelle sur son nid.* — M. dim.; n. s.

299. *Les Contrebandiers.* — Lith. par J. Laurens, pl. 2. — H. 0,33; L. 0,52; m. bl.; s. et d. 1, 1837. (Exp. Metz, 1837.)

300. *Renard tapi dans le fourré.* — H. 0,12; L. 0,17; n. s.; daté : S^t H^t (lisez : Saint-Hubert), 1839.

301. *Vaches en pâture dans les bois.* — Soleil couché. — H. 0,31; L. 0,45; m. bl.

302. *Ferme isolée.* — Maison et tour carrée; terrains accidentés et vagues; un chemin et des vaches; au fond, un massif d'arbres. Ciel nuageux. — H. 0,19; L. 0,25; s. A. R.

303. *Cerf et Biche.* — Sous bois; soleil couché. — H. 0,55; L. 0,67.

Mme GARNOT, à Strasbourg.

304. *Chaumière au milieu des bois.* — H. 0,29; L. 0,43; s. et d. 1840.

305. *Lac dans une forêt.* — H. 0,28; L. 0,24.

306. *Vue prise dans la forêt de Fontainebleau.* — (Mine de plomb.) — H. 0,12; L. 0,17; s. et d. 7 juin 1845.

307. *Cigognes dans les roseaux.* — Mare bordée de têtes de saules. — (Id.) — M. dim.; s. et d. 1845.

M. GEISLER (Albin).

308. *Forêt.* — Effet d'automne. — H. 0,33; L. 0,45; m. bl.

309. *Vaches au bord de l'eau.* — H. 0,26; L. 0,18; m. bl.

310. *Hérons solitaires.* — H. 1,00; L. 0,70; ov.; s. et d. 1854.

M. GÉLINET (Antoine).

311. *Vaches en pâture.* — Au bord d'un taillis : clairière en pleine lumière; des vaches au repos, un chien couché; au fond, des chariots qu'on charge et qu'on emmène à la hâte, sous la menace d'un orage. Ciel nuageux et lourd. — H. 0,51; L. 0,61. (1856.)

312. *Chasse au marais.* — Étang à la lisière des bois; un grand chêne dans les roseaux; deux chasseurs à l'affût dans une barque, et prêts à tirer. Effet d'automne. — M. dim. (Id.)

Mme GERMAIN (Auguste).

313. *Halte de chasseurs dans la forêt de Rémilly.* — Près du gros chêne, bien connu dans le pays, sous le nom de *la Tonne;* feu de branchages; silhouettes de l'auteur et de quelques-uns de ses compagnons de chasse; gardes et chiens accouplés. — Aquarelle. — (Vers 1832.)

M. GERMEAU, ancien préfet de la Moselle, à Paris.

314. *Moutons au repos.* — (Croquis.) — H. 0,18; L. 0,24; s. et d. 1841.

315. *Vaches sur un tertre.* — Pays de montagnes accidenté; rochers et pitons; sur le tertre du premier plan, un pâtre avec un taureau et cinq vaches; vaches disséminées sur la gauche du second plan; sapins dans les plis de terrain. Ciel d'été; quelques vapeurs à la cime des côtes. — H. 0,60; L. 0,95; s. et d. 1843.

M. GILBRIN (Émile).

316. *Souvenir du Jura.* — Prairie, clairières, vaches. — H. 0,66; L. 0,79; m. bl. (Vente de 1855, n° 29.)

317. *Promenade dans un parc.* — H. 0,47; L. 0,63; m. bl. — (Id., n° 37.)

M. GILLET, à Béchy (Moselle).

318. *Un Loup.* — Debout, vu de trois quarts; sol pierreux et gris. — H. 0,61; L. 0,88; n. s. (1858.)

319. *Renard argenté.* — M. dim. (Id.)

M. GILLET, jeune.

320. *Vaches en pâture dans un clair-chênes.* — Un gros chêne au centre. Ciel d'été, nuages. — H. 0,65; L. 0,50; s. et d. 1851.

321. *Chaumières et Chênes au bord d'une mare.* — Deux enfants et quelques vaches dans les grandes herbes; trois canards. Ciel vaporeux. — M. dim.

322. *Vaches au gué.* — Pâturages vagues, lignes monotones. — H. 0,35; L. 0,50; m. bl.

323. *Le Bac.* — Rives boisées, embarquement. — M. dim.

324. *Trois Hérons.* — Saules et roseaux; ciel bleu chargé de gros nuages. — H. 0,27; L. 0,21; m. bl.; ov.

325. *Renard assis.* — Vu de face; fond de broussailles. — H. 0,40; L. 0,35; m. bl.

326. *Près d'un village.* — Groupes de chênes; vaches et moutons dans des chaumes; chariot recouvert d'une toile; au fond, un clocher. — H. 0,34; L. 0,49.

327. *Cerf atteint par la meute.* — Six chiens. Reflets de soleil couché. — H. 0,46; L. 0,80. (1858.)

328. *Sanglier.* — Vu de profil. — (Étude.) — H. 0,35; L. 0,42. (Id.)

M. GOBERT (Alexandre).

329. *Taureau brun.* — Au fond, une vache. — H. 0,27; L. 0,20; m. bl. (1851.)

330. *Chemin dans les bois.* — H. 0,16; L. 0,21; m. bl.; s. A. R.

331. *La Pâture dans les bois.* — Vaches en pâture dans un bois de jeunes chênes; ciel bleu pâle avec des nuages gris et blancs. — H. 0,64; L. 0,52. (Exp. Metz, 1858, n° 146.)

332. *Une Mare.* — Dans les bois; au bord de l'eau, trois petites cigognes; le haut du ciel couvert, le bas lumineux. — M. dim. (1857.)

M. GOULLON.

333. *Paysage.* — H. 0,44; L. 0,59. (1858.)

334. *Id.* — M. dim.

M. GRANDIDIER, à Paris et au château de Fleury (Seine-et-Oise).

335. *Sangliers dans un marais.* — H. 0,29; L. 0,44; s. et d. 1838.

336. *Vue du moulin de Haspelscheidt* (Lorraine allemande). — Lith. par J. Laurens, pl. 8. — H. 0,55; L. 0,92; s. et d. 1841. (Exp. Paris, 1841, n° 1736.)

337. *Pâturages.* — De grands arbres; des vaches. — H. 0,57; L. 0,92. (Fait à Paris, 1846.)

338. *Soleil couchant.* — H. 0,22; L. 0,30; m. bl.; s. et d. 1850. (Exp. Metz, 1852, n° 273.)

339. *Vaches sous des saules.* — Lith. par J. Laurens, pl. 20. — H. 0,42; L. 0,34; s. et d. 1850.

340. *Cerf se désaltérant dans une mare.* — H. 0,76; L. 0,63; s. et d. 1850.

341. *Deux Renards.* — H. 0,61; L. 0,77; ov. (1855.)

Une lithographie de J. Laurens d'après ce tableau a été publiée par le journal *La Vie à la campagne*, t. III (1862), sous ce titre : *Une alerte.*

M. HERMITE (Victor), à Flanville (Moselle).

342. *Chalet dans la montagne.* — H. 0,42; L. 0,35; m. bl.; ov.; s. A. R. 1850.

343. *Une Vallée dans l'Oberland.* — M. dim.; m. sign.

344. *Sanglier blessé.* — H. 0,54; L. 0,69; s. et d. 1852. (Exp. Metz, 1852, n° 279; Vente de 1855, n° 6.)

345. *Vaches en pâture.* — Au bord d'une eau courante, entre deux clair-chênes. — H. 0,14; L. 0,32. (1855).

M. HINGRAY (Charles), ancien représentant des Vosges, à Paris.

346. *Silly en chasse.* — Chasseur et paysanne. — (Dessin). — n. s.; d. *Strasbourg,* 1818.

347. *Ruines d'Yburg* (Baden). — Sapins et bout de vieille muraille; trois amis autour d'une table. — (Mine de plomb). — S. et d. *4 juillet* 1832.

348. *Un Souvenir des Alpes.* — Au milieu du premier plan, sur un précipice, une passerelle de bûcheron, à gauche, un ours au guet; à droite, un bouquet de sapins dépérissants; au fond, des glaciers. Ciel lumineux. — H. 0,48; L. 0,58; s. et d. 1, 1839. (Exp. Paris, 1839, n° 1825.)

M. HUSSENOT, peintre.

349. *Les Chevriers.* — Bois de chênes, très-grands arbres; au premier plan, sur un pli de terrain escarpé, deux chevriers, l'un debout et l'autre assis, un chien, trois chèvres; quatre chèvres dans le ravin. Un coin de ciel, à gauche : ciel d'été. — H. 0,72; L. 0,60; s. et d. 1844. (Exp. Paris, 1844, n° 2116; Metz, id. n° 90.)

Exposé à Paris en même temps que le *Village lorrain*; cité avec honneur par plusieurs critiques; offert par l'auteur en témoignage d'amitié à M. Hussenot, dans l'atelier duquel il a peint un loup, et qui, vers la même époque, a fait de lui un bon portrait, remarqué au Louvre.

M. ISNARD, docteur en médecine.

350. *Trois Hérons.* — Ruisseau et saules. — H. 0,25; L. 0,35; s. A. R.

351. *Brigands embusqués.* — Dans un bois, au bord d'une grande route. — H. 0,40; L. 0,57; s. et d. 1854.

352. *Troupeau de vaches passant à l'ombre de grands arbres.* — — H. 0,55; L. 0,67.

353. *Cerf, Biche et Faon.* — H. 0,52; L. 0,80. (Vers 1856).

M. JACLOT, commandant du génie.

354. *Les Cueilleuses de faines.* — Sous-bois de hêtres. Effet de soleil. — H. 0,60; L. 0,49; ov. (Vente de 1855, n° 9.)

355. *Attaque dans un défilé.* — H. 0,65; L. 0,53. (Id. n° 41.)

M. JACQUOT, ingénieur en chef des mines.

356. *Chemin dans une forêt.* — Futaie, chemin, homme à cheval. H. 0,32; L. 0,41. (Id., n° 14.)

Mme JADELOT, née Weyer, à Paris.

357. *Oiseau de proie perché sur une branche d'arbre.* — (Croquis.) — H. 0,30; L. 0,20; m. bl.; n. s. (1841.)

358. *Horizon de montagnes.* — Effet du matin. — (Id.) — H. 0,25; L. 0,20; m. bl.; ov.; n. s.

M. JANIN (Jules).

359. *Coucher du soleil.* — (Exp. Paris, 1839, n° 1828.)

Tableau offert à M. Jules Janin qui, sans connaître l'auteur, avait fait dans l'*Artiste* l'éloge le plus flatteur de ses pastels. Dieu sait ce que sera devenu ce *petit chef-d'œuvre* que le célèbre critique avait « placé dans le plus bel endroit de sa maison. » Alexandre Dumas en fut épris à son tour et l'acheta chez Régnier cinq ou six ans plus tard. Par combien de mains aura-t-il passé depuis?

M. JANNIARD, architecte du palais des archives, à Paris.

360. *Souvenir de Rémilly.* — Vue du village prise des bords de la Nied; quelques moutons dans la prairie; au second plan, des vergers, le presbytère et le clocher. — (Aquarelle.) — H. 0,14; L. 0,21; s. et d. 1828.

361. *Paysage.* — Terrains accidentés; un arbre jumeau coupé par le cadre au milieu de sa hauteur; horizon vague. Nuages blancs sur un ciel bleu. — H. 0,17; L. 0,24; m. bl.; s. A. R. 1839.

362. *Clair-chênes.* — Sur la gauche, un chemin pierreux, cinq vaches; corbeaux sur les branches sèches d'un vieux chêne. Ciel nuageux. — H. 0,39; L. 0,57; s. et d. 1845.

M. JOLY, à Rémilly.

363. *Cormoran.* — H. 0,54; L. 0,66.

364. *Canards sauvages.* — L'eau et le ciel; trois canards. — H. 0,45; L. 0,75. (1859.)

M. KARCHER, à Ars (Moselle).

365. *Printemps.* — Vaches en pâture dans une clairière. — H. 0,61; L. 0,76.

366. *Automne.* — Forêt; à droite, une mare; des hérons. — M. dim.

M. KAUFFER, à Fouligny (Moselle).

367. *Combat de taureaux.* — Ravin; sur le tertre, deux taureaux qui combattent, une vache qui broute; un chêne mort, un chêne en pleine végétation; au fond, des glaciers; soleil levant. — H. 0,92; L. 0,82.

M. KLEINE, à Carling (Moselle).

368. *Paysanne et deux vaches en pâture dans un bois.* — H. 0,29; L. 0,42; n. s.

M. KNŒPFLER (Émile).

369. *Étude au 15 septembre.* — Au premier plan, un ruisseau; à droite, un grand chêne; au second plan, une forêt. Effet de matin. — H. 0,53; L. 0,70; s. et d. 15 septembre 1842. (Exp. Metz, 1842, n° 88.)

Mme DE LAMOTTE.

370. *Chemin s'enfonçant sous de grands chênes.* — Sur le chemin, quelques femmes en costume alsacien; des deux côtés, des pâturages et des vaches; à gauche, un pâtre avec le gros du troupeau; sur la droite, un arbre mort. Ciel d'été nuageux. — H. 0,68; L. 0,93; s. et d. 1857.

371. *Entre deux bois.* — Une rivière; sur les deux rives, un bois de chênes, de grands arbres; deux barques, dont l'une abritée par une toile rayée blanc et bleu, et chargée de dames. Ciel nuageux et frais. — H. 0,40; L. 0,55; m. bl.; s. et d. 1858.

372. *Prairies.* — Au premier plan, une rivière; sur le bord, des chênes, encadrant une prairie verdoyante; au fond, des côtes bleues. Ciel d'été, vaporeux au-dessus des côtes, très-lumineux à la partie supérieure. — M. dim.

M. LAPOINTE (Eugène), à Imsbach (Birkenfeld).

373. *Faisans et Vanneaux.* — (Nature morte.) — H. 0,40; L. 0,53; n. s.

374. *Cabane et Vaches.* — H. 0,53; L. 0,43.

375. *Hérons au bord d'un étang.* — M. dim.

M. LAPOINTE (N.).

376. *Vue de Berne.* — Glaciers, au fond; ciel gris avec éclaircie. — H. 0,37; L. 0,52; m. bl.; s. A. R. et sur la marge: *A. Rolland,* 8 (lisez cette fois: Octobre), 1836.

377. *Halte de chasse.* — Un chemin dans une forêt; deux chasseurs à cheval, donnant du cor; chiens courants tenus en laisse. Effet d'automne. — H. 0,40; L. 0,32. (1855.)

M. LEGRAND (Émile), docteur en médecine.

378. *Vaches au bord d'un cours d'eau.* — H. 0,25; L. 0,35; s. et d. 1839.

379. *La Croix.* — Paysans agenouillés dans la campagne; site accidenté. — H. 0,30; L. 0,45; s. et d. 1843.

380. *Roses trémières.* — Bouquet s'enlevant sur un fond de ciel. H. 0,78; L. 0,61; s. et d. 1844. (Exp. Metz, 1861, n° 727.)

381. *Sous-bois, le soir.* — Vaches s'abreuvant. — H. 0,58; L. 0,45; s. et d. 1847. (Exp. Nancy, 1847, n° 18.)

382. *Sous-bois, le plein midi.* — Vaches en pâture. — M. dim. (Id., n° 19.)

383. *Lisière de bois.* — Chênes isolés; sol couvert de neige. — H. 0,32; L. 0,46; m. bl.; s. A. R. (retouché en 1856.)

384. *Mêlée de cavalerie.* — H. 0,16; L. 0,30; s. A. R. (Vente de 1855, n° 24.)

385. *Loup dévorant un chevreau.* — H. 0,31; L. 0,46; s. et d. 1851. (Exp. Metz, 1852, n° 275.)

386. *Bords de la Nied.* — Chênes clair-semés dans des prairies basses; ciel couvert. — H. 0,32; L. 0,43; m. bl.; s. et d. 1852. (Id., n° 282.)

387. *Chevaux en pâture.* — Coteaux à l'horizon; ciel nuageux. — H. 0,39; L. 0,58; m. bl.; s. et d. 1852. (Id., n° 288.)

388. *Crépuscule.* — Sapins au bord de l'eau. — (Idée première du tableau suivant). — H. 0,26; L. 0,19; m. bl.; s. et d. 1852.

389. *Les Roseaux de Bouligny, Crépuscule.* — Lith. par J. Laurens, pl. 25. — H. 0,92; L. 0,64; s. et d. 1852. (Exp. Metz, 1852, n° 284; 1861, n° 725. Vente de 1855, n° 3. Prix: 650 fr.)

390. *Renard à l'affût.* — H. 0,14; L. 0,25; m. bl.; s. A. R.

391. *Souvenir du Jura.* — Déclin d'une journée brûlante. — H. 0,28; L. 0,51; m. bl.

392. *Coucher de soleil.* — Chênes au bord d'une rivière. — M. dim.

393. *Chasseur aux canards.* — Tenant un canard tué; bord d'étang, roseaux. — (Fusain). — H. 0,58; L. 0,48; s. et d. 1854.

394. *Sanglier au ferme.* — (Id. Projet du tableau suivant). H. 0,73; L. 0,98.

395. *Id.* — Aux prises avec une meute; déclin du jour. — H. 0,73; L. 1,00; s. et d. 1854.

396. *Hallali.* — Chien léchant un sanglier mort. — (Fusain). — H. 0,82; L. 0,57.

397. *Epagneul sur des perdreaux.* — Dans des chaumes; pleine lumière. — H. 0,66; L. 0,91. (Vente de 1855, n° 5. Prix: 810 fr.; Exp. Metz, 1861, n° 725 bis.)

Tableau fait de premier jet, en quelques heures; vivement disputé lors de la vente faite à l'hôtel de ville de Metz, où les enchères l'ont placé au second rang; gravé à l'eau forte par G. Malardot pour servir de planche à l'ouvrage de L. de Curel: *le Chasseur au Chien d'arrêt.*

398. *Deux petits Épagneuls en arrêt.* — Lith. par E. Le Roux, pl. 29. — (Peint. à l'huile). — H. 0,26; L. 0,34. (Exp. Metz, 1856, n° 126.)

399. *Bords de la Nied.* — Vastes prairies; troupeau de vaches. — H. 0,66; L. 0,91. (Id. n° 114.)

400. *Crépuscule.* — Queue d'étang; saules isolés. — M. dim. (Id., n° 151.)

401. *Sangliers changeant de pays.* — Lith. par E. Le Roux, pl. 33. — H. 0,76; L. 0,99. (Exp. Metz, 1856, n° 139; 1861; n° 729.)

402. *Nature morte.* — Un faisan suspendu; un canard; un pigeon ramier et plusieurs petits oiseaux. — H. 0,75; L. 0,60; ov.; n. s.

403. *Troupeau de moutons.* — Chemin dans une forêt. Ciel orageux. — H. 0,75; L. 1,00; s. et d. 1856. (Exp. Metz, 1858, n° 127.)

404. *Vaches au repos sous de vieux chênes.* — M. dim. (Id. n° 128.)

405. *Taillis, en mai.* — H. 0,65; L. 0,90; s. et d. 1857. (Id., n° 140.)

406. *Souvenir du Jura.* — Vaches en pâture entre deux bouquets de bois. — H. 0,76; L. 0,99; s. et d. 1857.

407. *L'Attente. Effet de neige.* — Lith. par J. Laurens, pl. 38. — H. 0,67; L. 0,94; s. et d. 1858.

408. *Le Brouillard.* — Un parc; des cigognes. — H. 0,75; L. 0,99; s. et d. 1859.

Collection unique et que le Musée de Metz pourrait envier: trente et un dessins et tableaux, datés en très-grande partie et presque tous importants. Quelques-uns ont été acquis; quelques-uns offerts par des tiers; la plupart, donnés par l'auteur lui-même. Pendant douze ans, A. Rolland s'est plu à multiplier ainsi les témoignages de son attachement pour Émile Legrand, marié en 1847 à l'aînée de ses nièces, qui est resté son médecin jusqu'au dernier jour et n'a pas cessé d'être un des admirateurs les plus passionnés de ses ouvrages.

M. LE JOINDRE, ingénieur en chef des ponts et chaussées.

409. *Vaches dans un paysage.* — Forêt; gué d'un ruisseau. — H. 0,56; L. 0,70. (Exp. Metz, 1852, n° 276.)

410. *Chemin à l'entrée d'un bois.* — H. 0,34; L. 0,44. (Loterie de l'œuvre des crèches, 1859.)

Mme LEMUT.

411. *Soleil couchant.* — Pays plat; horizon de collines basses; vaches au gué. — H. 25; L. 0,40.

412. *Lever de brouillard.* — Bord d'étang; roseaux et sapins qui se perdent dans la brume; au premier plan, trois hérons. — H. 0,78; L. 0,64; ov.

Tableaux faits par l'auteur pour Mme Louis Berga, née Lemut, qui fut la meilleure amie de ses nièces, et, bien qu'elle s'étudiât à cacher son talent, une des élèves les plus distinguées de M. Maréchal.

M. L'HURIER, marchand de tableaux, à Paris.

413. *Mare dans les bois.* — Au centre, un massif d'arbres; bouquet de chênes aux cimes arrondies; deux saules morts; dans les herbes marécageuses, sept petites vaches à peine indiquées. Ciel chargé de gros nuages orageux. — H. 0,46; L. 0,60.

M. LOUIS, à Vigny (Moselle).

414. *Un Loup à la rentrée.* — H. 0,38; L. 0,49; s. A. R.

415. *Renard à l'affût.* — H. 0,43; L. 0,52; s. et d. 1849.

416. *Deux Renards aux écoutes.* — H. 0,59; L. 0,76; ov.

417. *Loup pendu aux racines d'un arbre.* — Au-dessus de la roche que l'arbre surplombe, deux moutons qui paissent. — H. 0,85; L. 0,58.

M. LUCY (Ad.), receveur général des Bouches-du-Rhône.

418. *La Cascade inférieure de Reischenbach* (Suisse). — Troupeau sur le premier plan. Effet de brouillard. — H. 0,39; L. 0,30; s. et d. 1836. (Exp. Paris, 1839, n° 1824.)

419. *Paysage.* — H. 0,22; L. 0,30; n. s. (Donné à une loterie de charité, et « sauvé des mains des Philistins. »)

420. *Loups dans une forêt.* — Le mâle aux écoutes, la louve au repos. Effet d'automne. — H. 0,38; L. 0,60; s. et d. 1837.

421. *Troupe de sangliers sur pied dans une forêt.* — Effet d'hiver. — (Première pensée du n° 455.) — M. dim.

422. *Chasseurs tyroliens s'exerçant au tir de la carabine.* — H. 0,51; L. 0,42; s. et d. 1838.

423. *Les Blés mûrs.* — Plaine traversée par une rivière; groupe de pêcheurs. — H. 0,30; L. 0,42.

424. *Troupeau de vaches sous de grands chênes.* — H. 0,52; L. 0,62.

425. *Une Mare.* — Mare qui va se perdre sous un massif d'arbres dont le soleil éclaire les cimes; dans les arbres, une maisonnette; au premier plan, des canards. — M. dim.

426. *Bords de la Nied.* — Soleil couchant; des pêcheurs. — H. 0,40; L. 0,54.

427. *L'Étang de Bouligny.* — Hérons au premier plan. Effet de matin et brouillard. — M. dim.

De ces pastels, les six premiers rappellent les belles années où M. Lucy, receveur général de la Moselle, fondateur et président de la Société des Amis des Arts, a tant fait, par son crédit, par ses conseils, par ses exemples, pour stimuler les premiers efforts de la petite *École de Metz* et lui donner un commencement de renommée.

Les artistes de la Moselle ont gardé fidèlement le souvenir du beau talent de M. Lucy et des services qu'il leur a rendus. M. Lucy ne les a pas non plus oubliés. A Dijon, à Marseille, à Paris surtout, il a sans cesse demandé justice pour eux, pour leurs œuvres. C'est sur ses instances qu'A. Rolland a exposé à Marseille en 1854; il lui reprochait de ne pas se faire connaître davantage et de borner son ambition à la popularité dont il jouissait dans les étroites limites du pays messin.

Les notes que M. Lucy a bien voulu nous fournir, sont, à nos yeux, le plus bel hommage que l'on pût rendre à la mémoire d'A. Rolland. Nous laissons de côté ce qui touche à la personne pour ne nous occuper que de l'artiste. Au dire de M. Lucy, les *Loups* (n° 420) « sont d'un naturaliste aussi bien que d'un peintre habile; l'allure des animaux est saisissante de vérité; » les *Bords de la Nied* (n° 426) sont « d'un effet très-fin et très-juste; » la *Mare* (n° 425) est « un tableau du premier mérite; » le *Troupeau de vaches* (n° 424) est « une des œuvres capitales du maître. » Nous sommes fier de citer les propres paroles d'un juge aussi compétent et d'un ami aussi sincère.

Mme LA COMTESSE MALHER, à Versailles.

428. *Bords de la Nied; vaches en pâture.* — H. 0,65; L. 0,90; s. et d. 1856. (Exp. Metz, 1856, n° 114.)

429. *Vaches s'abreuvant.* — Quelques arbres et une cabane. — H. 0,26; L. 0,16. (Loterie des crèches.)

Souvenirs de la part prise par A. Rolland à toutes les bonnes œuvres patronées à Metz par Mme la comtesse Malher; des affections qu'inspirait autour de lui, par la loyauté de son caractère, un des administrateurs les plus dévoués et les plus sages auxquels les destinées de la Moselle aient été confiées; et, plus particulièrement, des sympathies dont il se plaisait à donner des preuves aux deux hommes de bonne volonté qui secondaient à Rémilly, dans la mesure de leurs forces, son amour sincère pour le bien public et pour le progrès.

M. MALHERBE (Alfred).

430. *Souvenir du lac des Quatre-Cantons.* — H. 0,60; L. 0,52.

M. MALHERBE (Gaspard).

431. *Pastorale.* — Pli de terrain, grands arbres, chèvres. — H. 0,93; L. 0,69. (Vente de 1855, n° 19.)

M. MALINE (Victor).

432. *Loup mort.* — Pendu par une patte, au bord du bois. — H. 0,97; L. 0,75; s. *A. Rolland et G. Wintz.*

433. *Deux Chiens d'arrêt dans des chaumes.* — H. 0.70; L. 0,88; ov.

434. *Chiens courants prenant un lièvre.* — Deux chiens; broussailles. — H. 0,60; L. 0,78. (Exp. Metz, 1858, n° 136.)

435. *Vaches dans un étang.* — Clairière et bord d'étang, deux chênes dans des bois vagues; sur la gauche, un arbre mort; à droite, quatre vaches dans les herbes, une vache qui s'abreuve. — Ciel de juin, imbibé de pluie. — H. 0,60; L. 0,76. (Id. n° 153.)

436. *Sangliers à la bauge.* — Mare bordée de grands roseaux; quatre sangliers, dont un vautré dans l'eau fangeuse; ciel d'été nuageux. — M. dim. (Id., n° 143.)

Th. Devilly a fait, d'après ce tableau, une très-intéressante copie à l'huile.

437. *Pâture dans un clair-chênes.* — Vieille futaie; sous bois, des vaches; au premier plan, des eaux vagues, quelques roseaux, et sur le bord six vaches avec un taureau noir et blanc d'assez grandes dimensions. — M. dim.

438. *Lisière de bois.* — Un vieux chêne; quatre vaches abandonnées dans les broussailles. — M. dim.

439. *Pâture dans les bois.* — Ravin et tertres boisés; clair-chênes; un chêne à cime arrondie vers le centre de la composition; gros troupeau de vaches sur le premier plan; au fond, des côtes bleues. Ciel nuageux. — H. 0,58; L. 0,93.

440. *Coup double.* — Lith. par K. Bodmer, pl. 39. — H. 0,70; L. 0,93; s. et d. 1858.

M. LE BARON MARCHANT, à Logne (Moselle).

441. *Une Mare et des Vaches.* — H. 0,32; L. 0,23; s. A. R.

442. *Sangliers, effet de brouillard.* — H. 0,58; L. 0,43.

443. *Hérons.* — Printemps. — H. 0,90; L. 0.67.

444. *Vaches.* — Automne. — M. dim.

445. *Cheval bai.* — (Peint. à l'huile). — (Exp. Metz, 1856, n° 150.)

M. MARÉCHAL, peintre.

446. *La Mare dans les bois.* — Bois au second plan; au fond, des côtes vagues chargées de vapeurs; ciel d'été bleu clair. — H. 0,42; L. 0,55; s. et d. 1, 1842. (Exp. Metz, 1842, n° 94.)

447. *Troupeau de cochons.* — Au premier plan, une ravine, terrains déchirés et nus, quelques cochons et le pâtre; au second plan, le reste du troupeau dispersé dans un clair-chênes; végétation pauvre; ciel nuageux. — H. 0,41; L. 0,58. (Vers 1852.)

448. *Renard rampant.* — H. 0,16; L. 0,31. (Vente de 1855, n° 15.)

Il nous a paru curieux, peut-être est-il juste aussi de transcrire à cette place deux lignes prises tout simplement dans un livre de dépenses. A. Rolland notait donc ceci le 19 juin 1833 : « Trois pastels de M. Maréchal, 150 francs. » Le fait et la date ont leur importance. Nous connaissons ces trois pastels. Du premier, qui était une tête de femme, nous avons retrouvé au fond des cartons d'A. Rolland une copie assez grossière. C'est en étudiant les autres (deux petites vues prises d'après nature sur les bords de la Moselle) qu'il a dû avoir pour la première fois l'idée de peindre au pastel des paysages.

Voici la liste des autres ouvrages de M. Maréchal qui lui ont appartenu dans la suite :

1. Une vue des *Environs de Metz*, de plus grande dimension, faite en 1834.

2. Un *portrait d'A. Rolland*, signé et daté de 1836. Le peintre l'a représenté presque en pied, debout, dans la campagne; on voit la tête de deux chiens qui caressent leur maître. Ce portrait a servi de type à ceux qu'Adolphe Tigé faisait en 1842, en 1843, tout autour de Rémilly, et dont A. Rolland a souvent fait ou retouché les fonds.

3. La *Tondeuse de sauterelles*, charmant croquis offert en échange de la *Mare dans les bois* après l'exposition de 1842.

4. Des *Fruits et Légumes* (oignons et choux; citrons, oranges, pommes et une poire), très-belle étude au bas de laquelle M. Maréchal a mis son nom, avec ces mots qui rappellent une de ses idées favorites : *2e étude de gammes populaires. Mars 1844.*

5. *Un Croisé*, tête d'étude, pleine d'accent et de rudesse, peinte avec une énergie singulière. Elle fut gagnée à une loterie, et le hasard, cette fois, ne fut pas aveugle.

Enfin, on n'oubliera pas que c'est A. Rolland qui a orné la salle du Conseil, à Rémilly, du beau vitrail représentant *l'Agriculture* (1858). Dans cette circonstance, M. Maréchal lui donna une dernière preuve d'amitié en tenant à dessiner et peindre lui-même cette figure, qui fait honneur à sa délicatesse comme à son talent.

Mme MASBOURG, née Rolland, à Paris.

449. *Le Gave de Pau.* — Lith. par J. Laurens, pl. 3. — H. 0,35; L. 0,61; m. bl.; s. et d. 3, 1837. (Exp. Metz, 1837.)

450. *Rentrée des moutons.* — Moutons à la porte d'une chaumière entourée d'arbres. — H. 0,39; L. 0,56; m. bl. (Exp. Metz, 1858, n° 162.)

Mme MASSING, à Puttelange (Moselle).

451. *Canards surpris par un busard.* — Bord d'étang; effet de matin. — H. 0,92; L. 0,68; s. et d. 1852. (Vente de 1855, n° 4.)

M. MENNESSIER (Auguste).

452. *L'Aqueduc.* — Souvenir des bords de la Moselle et des arches de Jouy; arbres légers sur le premier plan; fond gris. — H. 0,44; L. 0,36; s. et d. 1842. (Exp. Metz, 1842, n° 85.)

453. *Lisière d'un bois.* — (Croquis). — H. 0,29; L. 0,22.

454. *Bords d'un étang.* — Une barque; au second plan, un gros chêne. — H. 0,60; L. 0,75.

M. LE COMTE MERLIN, lieutenant-colonel du génie, à Paris.

455. *Une Troupe de sangliers.* — En forêt; sangliers aux écoutes, le mâle en tête; soleil levant. — H. 0,38; L. 0,58; s. et d. 11, 1840. (Exp. Paris, 1841, n° 1737; Metz, 1842, n° 95.)

Petit tableau d'un effet saisissant. L'*Austrasie* disait à ce sujet (1842, p. 319) : « Les *Sangliers se dérobant* de M. Rolland sont admirables; pour apprécier cette composition, il n'est pas besoin d'être connaisseur : le premier braconnier venu s'arrêterait à les regarder, tant ils sont vrais. » Telle fut aussi l'opinion du *Journal des Chasseurs* qui sollicita l'autorisation de les reproduire; malheureusement, la lithographie qu'il en a donnée était des plus médiocres.

METZ (Musée de la ville de).

456. *Le Troupeau; effet de brouillard.* — Lith. par J. Laurens, pl. 6. — H. 0,56; L. 0,92; s. et d. 1840. (Exp. Paris, 1840, n° 1433; Metz, même année.)

457. *La Forêt de Rémilly.* — Id., pl. 7. — M. dim.; s. et d. 1840. (Id., n° 1434.)

Tableaux accueillis au salon par un concert d'éloges. Fr. Haussard disait dans le *Temps* : « Le pastel est en heureuse veine au salon de 1840.

M. Auguste Rolland et M. Maréchal l'illustrent à l'envi. Le *Troupeau* (effet de brouillard)... a les plus belles qualités du paysage : grandeur simple de la composition, sentiment calme et profond, exécution habile. Il fait songer au *Gué* de Claude Lorrain, et même ce souvenir ne lui est pas défavorable. On pourrait lui reprocher seulement la teinte trop monotone et trop rosée des anciens pastels.... M. Hubert s'est laissé battre cette année par M. Aug. Rolland... »

Jules Janin disait dans l'*Artiste* : « Pour bien juger du véritable point où peut aller l'art du pastel, regardez, je vous prie, avec l'attention qu'ils méritent, les tableaux de M. Maréchal et ceux de M. Aug. Rolland. Ne dirait-on pas que c'est là tout à fait de la peinture à l'huile?... Étudiez les deux paysages de M. Rolland : rien ne le gêne, rien ne l'arrête : le brouillard n'est pas levé encore, la prairie est toute couverte de cette humide vapeur, le troupeau et le berger attendent le soleil ; il est impossible de tirer un meilleur parti de la couleur douteuse du pastel : dans l'eau qui coule, vous voyez se refléter ces bêtes à cornes déjà ruminantes. L'autre paysage de M. Rolland représente une forêt : la forêt est épaisse et verte, rien n'entre là-dedans, ni le vent, ni le bruit, ni la clarté ; il y a quelque chose de solennel dans tout cet ensemble. M. Rolland s'est encore surpassé cette année sans faire oublier sa belle *Cascade de Reischenbach.* »

Il faut lire les journaux de Metz : la *Gazette* du 7 avril, le *Courrier* du 6 juin, pour trouver de tels éloges tempérés par des réserves judicieuses et d'utiles conseils.

Après la clôture de l'exposition ouverte à Metz le 17 mai, l'auteur offrit ses deux tableaux à la ville pour son musée. Le 22 juin, M. le baron Dufour, maire de Metz, écrivait à son *cher collègue* le maire de Rémilly pour lui transmettre l'expression de la reconnaissance du Conseil municipal. Pour son propre compte, il félicitait l'artiste de donner un exemple qui devait être et qui a été effectivement « profitable au culte des beaux-arts » dans notre pays.

458. ***L'Étang de Bouligny.*** — Lith. par Français, pl. 27. — H. 0,60 ; L. 0,95. (Exp. Metz, 1856, n° 121 ; 1861, n° 718.)

459. ***Étables dans les Hautes-Pyrénées.*** — Lith. par J. Laurens, pl. 31. — (Peinture à l'huile). — H. 0,62 ; L. 0,92. (Exp. Paris, n° 3892 ; Metz, 1856, n° 115 ; 1861, n° 733.)

460. ***Sangliers sur la neige.*** — Lith. par J. Laurens, pl. 36. — H. 0,60 ; L. 0,75. (Exp. Metz, 1858, n° 131 ; 1861, n° 716.)

461. ***Cerf aux abois.*** — Lith. par E. Le Roux, pl. 40. — H. 0,54 ; L. 0,80 ; n. s. (Exp. Metz, 1861, n° 735 bis.)

Tableaux choisis, après la mort d'A. Rolland, parmi ceux qu'il avait gardés en sa possession, et offerts au musée par sa famille. Le Conseil municipal, dans sa séance du 31 octobre 1861, déclarait à l'unanimité s'associer aux sentiments exprimés par le maire de Metz dans une lettre de remercîments adressée dès le 11 du même mois à M. Prosper Rolland. « Ces œuvres remarquables, dit M. Félix Maréchal, placées, *conformément à votre désir*, à côté des tableaux donnés à la ville par l'auteur lui-même, éterniseront dans notre cité le souvenir d'un artiste aussi recommandable par son caractère que par son inimitable talent. »

Les *Étables dans les Pyrénées*, expression définitive d'une des conceptions pittoresques qu'A. Rolland a le plus longtemps caressées, offrent encore cet intérêt particulier d'être une des rares peintures à l'huile qu'il ait terminées et d'avoir figuré à l'Exposition universelle de 1855. Le *Cerf aux abois* est inachevé ; il était esquissé depuis deux ou trois ans et l'auteur venait de le reprendre, il y travaillait, lorsqu'il sentit les premières atteintes de la mort. L'*Étang de Bouligny*, terminé vers 1853, et les *Sangliers sur la neige*, peints en 1858, ont semblé propres à donner une idée assez exacte de ce qu'il y a eu de plus original dans la manière d'A. Rolland et à montrer son talent dans sa plénitude.

M. MICHEL (Emile), à Metz et à Rémilly.

462. ***Le Grand-Père.*** — Lith. par Mouilleron, pl. 1. — (Mine de plomb.) — H. 0,22 ; L. 0,27 ; s. A. R. 1836. (Exp. Metz, 1836, n° 88.)

463. ***Effet de nuit.*** — Grands arbres au bord de l'eau ; lune à demi cachée, ciel semé de nuages blanchâtres. — H. 0,39 ; L. 0,47 ; s. A. R.

464. ***Mer houleuse.*** — Vaisseau prêt à sombrer ; ciel chargé de nuages, au centre, une trouée de lumière. — (Croquis). — H. 0,18 ; L. 0,13 ; m. bl. ; n. s.

465. ***La Barque.*** — (Id.) — H. 0,18 ; L. 0,14 ; m. bl. ; s. A. R. 1851.

466. ***Cochons à la lisière d'un bois.*** — Lith. par E. Le Roux, pl. 26. — H. 0,44 ; L. 0,64 ; s. et d. 1852. (Exp. Metz, 1852, n° 277.)

Pastel remarqué à l'exposition de 1852, à côté d'*Octobre* et des *Roseaux de Bouligny*. Offert par l'auteur, avant qu'Émile Michel ne fût entré dans sa famille, en retour d'un des six jolis petits tableaux que celui-ci avait exposés pour ses débuts en 1850. On sait combien A. Rolland aimait à prôner, à encourager les jeunes artistes : la *Première gelée* l'avait charmé.

467. ***Loup mourant.*** — Lith. par J. Laurens, pl. 32. — H. 0,76 ; L. 0,66. (Exp. Metz, 1856, n° 122 ; 1861, n° 728.)

468. ***La Pipée.*** — Au pied d'un vieux chêne, un chasseur à la pipée avec un gamin. Ciel bleu, nuages blancs. — H. 0,86 ; L. 0,66. (1855.)

469. ***Cerf dans une clairière.*** — De grands chênes ; fond de montagnes. Ciel d'été. — M. dim. (Id.)

470. ***Crépuscule.*** — Trois cerfs et une biche ; grands arbres coupés à mi-hauteur par le cadre. — (Croquis). — H. 0,35 ; L. 0,53 ; n. s.

471. ***Bords de la Nied.*** — Quatre vaches dans une prairie au bord de l'eau ; plus loin, des saules, quelques vaches ; côtes bleuâtres à l'horizon. Ciel gai, bleu pâle avec des nuages blancs. — H. 0,24 ; L. 0,32 ; m. bl. (Exp. Metz, 1858, n° 145.)

472. ***Hérons.*** — Un héron de face, un autre de profil dans un marais ; roseaux flétris ; effet d'automne. — H. 0,34 ; L. 0,27 ; m. bl. ; ov. (automne 1858).

M. MIGETTE (Auguste), directeur de l'École de dessin.

473. *Lorraine allemande.* — Petit hameau ; sur le devant, pignon d'une chaumière basse ; puits à bascule ; cinq vaches. Vaste ciel bleu, uni et vide dans sa partie haute ; nuées jaunâtres rasant à l'horizon la cime des côtes. — H. 0,39 ; L. 0,58 ; s. et d. 1842. (Exp. Metz, 1842, n° 90.)

M. de MONTLUISANT (Charles), capitaine d'artillerie, à Paris.

474. *Vaches sur des rochers.* — (Répétition du n° 619, pl. 14.)

M. MOUZIN (Ed.), directeur de l'École de musique.

475. *Une prairie.* — Effet d'automne. — H. 0,40 ; L. 0,35

Offert au jeune et intelligent successeur de Desvignes, qui, fidèle à tenir une promesse faite par son maître, avait prêté pour la fête d'inauguration de l'*Union*, société de prévoyance et de secours mutuels récemment fondée à Rémilly, le précieux concours de l'École de musique de Metz (20 septembre 1856). — C'est Ed. Mouzin qui a recueilli les *airs notés* publiés à la suite des *Simples chants composés* (par L. C. Valette) *pour la salle d'asile de Rémilly* (Metz, 1858). La table désigne comme étant de lui sept des airs inédits que renferme cette collection. Elle mentionne également cette circonstance que trois autres airs (ceux qui portent les n°s 10, 15, 25) sont d'Auguste Rolland. Ils ont été pris sur ses lèvres et écrits par le jeune sous-maître qu'il avait fait venir à ses frais pour essayer de donner aux enfants de nos écoles un commencement d'instruction musicale. L'asile de Rémilly les chante encore.

M. MULLER, professeur à l'École industrielle.

476. *Sapins, effet de neige.* — (Croquis). — H. 0,35 ; L. 0,25 ; n. s.

477. *Clairière.* — De l'eau et des arbres ; deux vaches. — H. 0,45 ; L. 0,35.

M. NICOLAY, à Longeville, près Metz.

478. *Les Chiens courants.* — Sous bois ; cinq chiens en chasse. — H. 0,58 ; L. 0,47 ; s. et d. 1850. (Exp. Metz, 1850, n° 160.)

479. *Bord d'étang.* — Au second plan, une voiture de foin attelée de deux chevaux, des vaches conduites par une femme ; forêt au fond. — H. 0,31 ; L. 0,39 ; s. A. R.

Mlle de NOVILLE, à Marbache (Meurthe).

480. *Clairière dans une forêt.* — Effet de printemps ; deux cigognes. — H. 0,43 ; L. 0,58 ; s. et d. 1844.

481. *Renard assis.* — H. 0,40 ; L. 0,30 ; s. et d. 1848.

482. *Deux Chiens de garde.* — Chien des Pyrénées couché auprès d'un terre-neuve debout. — H. 0,49 ; L. 0,65. (Vente de 1855, n° 39.)

483. *Lancé à vue sur un renard.* — En forêt ; une meute. — Effet d'automne. — H. 0,78 ; L. 0,63.

Mlle PAIGNÉ (Mélanie).

484. *Chênes.* — Lisière de forêt ; terrains ravinés ; chênes dépérissants. Ciel d'automne, chargé de vapeurs grises transparentes. — H. 0,39 ; L. 0,52 ; m. bl. (Exp. Metz, 1850, n° 161.)

M. le marquis de PANGE, à Pange (Moselle).

485. *Renard assis.* — H. 0,20 ; L. 0,15 ; m. bl. ; ov. ; s. A. R.

486. *Paysage et Ruines.* — Vallée ombragée ; au fond, une ruine ; sur le devant, un ruisseau aux bords escarpés, des vaches. — H. 0,65 ; L. 0,87.

Mme PAQUET D'HAUTEROCHE.

487. *Chêne et Vaches au bord de l'eau.* — (Croquis). — H. 0,18 ; L. 0,26 ; n. s.

488. *Mare dans les bois.* — Vaches ; pêcheur à la ligne. — H. 0,30 ; L. 0,40 (1855.)

Mlle PAROISSIEN (Sophie), à Reims.

489. *Une Mare.* — Un vieux chêne dépérissant dans les roseaux ; trois hérons. Ciel d'été un peu voilé. — H. 0,50 ; L. 0,40 ; m. bl. (1854.)

490. *Pont sur un torrent.* — Femme et enfant adossés au parapet du pont ; femme conduisant trois vaches ; sur la gauche du second plan, un grand chêne se détachant sur un massif ; à l'horizon, des côtes rocheuses. Nuages blancs et dorés sur un fond de ciel bleu clair. — M. dim.

491. *Quatre chèvres.* — H. 0,14 ; L. 0,20 ; m. bl.

492. *Moutons.* — Cinq moutons ; silhouette d'un berger assis. Ciel nuageux. — M. dim.

Mme PEIGNÉ, née Crémieux, à Paris.

493. *Souvenir de Suisse.* — Bouquet de sapins ; un ours au premier plan ; effet sombre. — H. 0,23 ; L. 0,19.

494. *Bord d'étang.* — Un gros chêne et deux hérons dans les roseaux. — M. dim.

M. le général baron PELLETIER, à Versailles.

495. *Coup de vent.* — Un buisson de chênes aux branches noueuses, battues et brisées par le vent ; dans les terrains vagues du premier plan, de grandes herbes marécageuses au bord d'une flaque d'eau. Ciel tourmenté ; bourrasque et pluie. — H. 0,55 ; L. 0,71 ; m. bl. (Exp. Paris, 1846, n° 2061.)

M. PELLETIER (Laurent), peintre, à Paris.

496. *Mare et Roseaux.* — Deux hérons. Effet du matin. — H. 0,17 ; L. 0,32.

497. *Chênes au bord de l'eau.* — Ciel gris. — H. 0,32 ; L. 0,45.

M. PERNET, directeur des postes, à Châlons-sur-Marne.

498. *Chemin dans une clairière.* — Troupeau de vaches. — H. 0,31 ; L. 0,46 ; m. bl.

499. *Mare entourée de grands arbres.* — Crépuscule. — M. dim.

M. PEUPION (Félix).

500. *Un Brouillard, avec des Vaches.* — Lith. par E. Le Roux, pl. 10. H. 0,60 ; L. 0,76; ov. (Fait en 1843 ; retouché vers 1847. Exp. Metz, 1858, n° 142.)

501. *Barque sur un lac.* — Rives hautes couvertes de massifs d'arbres ; fond de côtes. Lever de soleil. — M. dim.

502. *Deux Chiens d'arrêt dans les broussailles.* — (Peint. à l'huile.) H. 0,42 ; L. 0,57.

503. *Cerf aux abois.* — Six chiens. Brouillard et soleil. — H. 0,80 ; L. 0,66. (1858.)

504. *Queue d'étang.* — Roseaux ; bouquets d'arbres ; cinq cigognes. Brumes épaisses sur un fond de ciel bleu. — H. 0,43 ; L. 0,59 ; m. bl. (1859.)

505. *Vaches en pâture.* — Fonds vagues ; ciel d'été nuageux. — M. dim.

M. PIERNÉ (E.), professeur à l'École de musique.

506. *Chaumière.* — (Croquis). — H. 0,35 ; L. 0,30.

M. l'abbé PIERRE, inspecteur d'académie, à Bar-le-Duc.

507. *Une Mare.* — Massif de chênes, quelques vaches. — H. 0,39 ; L. 0,50.

508. *Meules de foin.* — Deux meules, des vaches ; un toit rouge à l'horizon. — H. 0,36 ; L. 0,46 ; m. bl.

Mme PIKETTY, née Sturel.

509. *Taillis, en mai.* — Deux biches. — H. 0,55 ; L. 0,40 ; m. bl. (Exp. Metz, 1858 ; n° 140.)

M. POUGNET, à Landroff (Moselle).

510. *Vaches en pâture au bord d'une rivière.* — H. 0,43 ; L. 0,58.

M. RACINE (Jules), architecte diocésain.

511. *Barque au bord d'un étang.* — Au second plan, des arbres ; un village dans le lointain. — H. 0,24 ; L. 0,32 ; m. bl.

M. de REDON, à Metz et au château de Monecl.

512. *Sanglier sortant du bois.* — Soleil couché. — H. 0,88 ; L. 0,72 ; ov.

513. *Loup aux aguets.* — Bord d'un bois ; effet de neige. — M. dim.

514. *Aigle des Alpes.* — Torrents, rochers. — M. dim. ; s. *A. Rolland et Wintz.*

515. *Vautour.* — Id. — M. dim. ; m. sign.

516. *Vaches dans une clairière.* — Effet d'automne. — H. 0,58 ; L. 0,75.

517. *Chasseur au bord d'un étang.* — Sur la rive, de grands arbres, chute des feuilles. — H. 0,65 ; L. 0,90.

518. *Queue d'étang.* — Cerf et biche au pied d'un grand arbre ; au second plan, un arbre mort ; au fond, des roseaux. Temps couvert. — M. dim.

M. ROBERT, sous-inspecteur des douanes.

519. *Deux Loups.* — H. 0,27 ; L. 0,39 ; m. bl.

M. ROLLAND (Eugène), directeur général des tabacs.

520. *La Halte.* — Chemin sur des hauteurs ; au centre du paysage, deux chênes courts dont les cimes confondues s'élèvent vers le ciel ; cavaliers en costumes du moyen âge, armés de toutes pièces. — H. 0,40 ; L. 0,60. (1843.)

521. *Vaches au gué.* — Ravine sur le devant d'un clair-chênes ; cinq vaches. — (Mine de plomb.) — H. 0,12 ; L. 0,17 ; s. et d. 1845.

522. *Pâturages.* — Prairies vagues ; bouquets de peupliers ; deux petites vaches sur un pont. Ciel bleu, nuages blancs. — H. 0,30 ; L. 0,42 ; m. bl. (Fait à Paris, 1845.)

523. *Chaumière à la lisière d'un bois.* — A droite, un grand chêne, une futaie, et sur le devant une palissade et un puits ; de petits personnages sur le seuil d'une chaumière à pignon triangulaire. — H. 0,29 ; L. 0,43 ; m. bl. (Id.)

524. *Vaches en pâture.* — Bois de chênes ; au centre, de grands arbres entre deux clairières ; herbages et mare au premier plan, neuf vaches. — H. 0,40 ; L. 0,57 ; m. bl. (Id.)

M. ROLLAND (Gustave), ancien représentant de la Moselle, à Vatimont.

525. *Souvenir du pays de Bitche.* — Premiers plans boisés ; à l'horizon, des côtes nues couronnées de nuages blancs sur un ciel limpide. — H. 0,30 ; L. 0,40 ; s. et d. 1841.

526. *Effet d'été.* — Terrains vagues ; à droite et à gauche, une futaie d'arbres élancés ; au centre, neuf vaches en pâture dans une clairière. Ciel du midi, bleu avec des reflets verts, semé de nuages floconneux ; teintes ardentes à l'horizon. — H. 0,32 ; L. 0,46 ; s. et d. 1845.

527. *Pâturages.* — Lith. par E. Le Roux, pl. 13. — H. 0,40 ; L. 0,58 ; m. bl. ; s. et d. 1845.

528. *Cerfs traversant à la nage un étang pour regagner le bois.* — Au fond, de grands hêtres ; trois cerfs. — H. 0,66 ; L. 0,90 ; s. et d. 1853.

529. *Troupeau sur un tertre.* — Taureau et vaches gardés par un pâtre ; au fond, lisière d'un bois, un grand chêne. — M. dim. ; m. sign.

530. *Le Vieux Chêne.* — Dans une clairière, un chêne découronné ; sur les branches mortes, bande de corbeaux prenant leur volée ; quatre vaches en pâture. Ciel couvert ; gros nuages traversés par des reflets lumineux. — H. 0,65 ; L. 0,52. (1856.)

531. *Futaie claire.* — Des baliveaux ; à droite, un grand chêne ; dans les herbes marécageuses, deux vaches reflétées par les eaux du premier plan. Temps couvert. — M. dim. (Id.)

532. *Vaches au gué.* — Au centre du second plan, un massif d'arbres ; au premier plan, neuf vaches traversant une rivière. Ciel d'été, nuages blancs. — H. 0,67 ; L. 0,91. (1858.)

533. *Chemin dans les bois.* — Troupeau de vaches ; au fond, des côtes. — M. dim. (Id.)

M. ROLLAND (Paul), à Rémilly.

534. *Chasseur au chien d'arrêt.* — Pays vagues ; ciel changeant. — H. 0,29 ; L. 0,44 ; m. bl. ; n. s. (1834.)

535. *Canard sauvage.* — Tué et posé sur une carnassière. — H. 0,42 ; L. 0,57 ; m. bl. ; n. s. ; d. juillet 1835.

536. *Le Blessé.* — Soldat blessé, assis contre un arbre, au pied d'un rocher, et bandant sa plaie ; au fond, à gauche, le champ de bataille et la mêlée. — (Mine de plomb). — H. 0,38 ; L. 0,51 : s. et d. 2, 1836. (Exp. Metz, 1836, n° 84.)

537. *Giswil, près du lac de Sarnen* (Suisse). — Bouquet de noyers au centre de la composition. — H. 0,38 ; L. 0,49 ; m. bl. ; s. et d. 8 (lisez par exception : Octobre), 1836.

538. *Halte de chasseurs.* — Deux chasseurs, deux chiens, escarpement de terrain, couvert d'arbres ; fond de côtes. Ciel couvert. — H. 0,37 ; L. 0,53 ; m. bl. ; s. et d. 10, 1836.

539. *Perdrix rouges.* — (Nature morte.) — H. 0,26 ; L. 0,33 ; m. bl. ; s. et d. 1, 1837. (Exp. Metz, 1837, n° 115.)

540. *Chienne des Pyrénées.* — Neuf petits chiens à la mamelle. — H. 0,33 ; L. 0,44 ; m. bl. ; s. et d. 4, 1837. (Id.)

541. *Le Mont-Blanc, d'après nature.* — H. 0,35 ; L. 0,45 ; m. bl. ; s. et d. Août 1837. (Id., n° 120.)

542. *L'Ouvrier sans travail.* — Femme, quatre enfants, clocher à l'horizon. Effet de neige. — H. 0,45 ; L. 0,63. (Vente de 1855, n° 31.)

543. *Tuilerie dans les bois.* — H. 0,30 ; L. 0,40 ; m. bl. ; n. s.

544. *Le Chêne des menteurs.* — Trois chasseurs ; un chevreuil mort ; meute de chiens conduits par un vieux garde. — H. 0,76 ; L. 1,00 ; s. et d. 5, 1840. (Exp. Metz, 1840, n° 114.)

Tradition des bois de Luppy : le plus jeune des chasseurs vient de tuer un chevreuil, c'est son premier exploit ; en lui donnant l'accolade, ses deux parrains l'ont conduit au pied du *Chêne des menteurs* et, selon l'usage, lui font prêter à son tour le serment de ne plus jamais dire la vérité... en fait de chasse.

545. *Troupeau de cochons.* — H. 0,28 ; L. 0,36 ; s. et d. 1840. (Id.)

546. *Troupeau de moutons.* — Ciel de pluie. — M. dim. ; s. et d. 1840. (Id.)

547. *Vaches passant un gué.* — Rive boisée. Ciel bleu, coloré par le soleil et un reste de brouillard. — H. 0,46 ; L. 0,62 ; m. bl. ; s. et d. 11, 1841. (Exp. Metz, 1852, n° 354.)

548. *Environs de Rémilly.* — Terrains vagues et boisés ; maisons rustiques au bord d'un étang ; côtes à l'horizon. Ciel bleu nuageux et fin. — M. dim. ; s. et d. 1842. (Exp. Metz, 1842, n° 89.)

549. *Etudes de paysage.* — (Mine de plomb.)

Carton renfermant une série d'études d'après nature faites à Rémilly : un Rucher ; cinq études de maisons rustiques ; le *clocher de Rémilly* ; un Héron ; treize études d'arbres, dont trois sont datées, du 24, du 26, du 29 juin 1843. — A la suite, quelques esquisses prises dans la forêt de Fontainebleau. 1845.

550. *Étude d'arbres avec des Chevreuils.* — Lith. par Français, pl. 11. — H. 0,38 ; L. 0,46 ; s. A. R. 1844. (Exp. Metz, 1852, n° 256 ; 1861, n° 732.)

551. *Les Chevriers.* — Entre deux massifs d'arbres, fond de ciel doré par le soleil couchant ; quelques chèvres ; jeune pâtre jouant de la flûte. — H. 0,49 ; L. 0,39 ; s. A. R. 1846. — (Exp. Metz, 1850, n° 159.)

552. *Les Chèvres.* — Lith. par E. Le Roux, pl. 15. — M. dim. ; s. A. R. (Exp. Metz, 1850, n° 166 ; 1861, n° 719.)

553. *Amazone et Cavalier.* — Allée entre deux bois. — H. 0,48 ; L. 0,98 ; n. s. ; d. 1850.

554. *Chevaux en pâture.* — Prairie et rivière ; ciel du midi, chargé de nuages. — H. 0,21 ; L. 0,27 ; m. bl. ; s. A. R. (Fait vers 1850 ; Exp. Metz, 1858, n° 141.)

555. *Milou.* — Charnier de Béchy, près des bois ; cheval écorché. — H. 0,38 ; L. 0,30 ; d. 1850.

556. *Moutons à la porte d'une chaumière.* — (Croquis.) — H. 0,26 ; L. 0,37 ; m. bl. ; n. s. (Première idée des nos 280 et 450.)

557. *Cerfs et Biches.* — En bande, à la lisière d'un bois. — H. 0,25; L. 0,48; m. bl.; n. s.
558. *Le Clocher de Rémilly.* — H. 0,27; L. 0,19; m. bl.
559. *Ravin.* — Bouquet d'arbres dans un ravin; terrains escarpés; ciel chargé de nuages. — (Croquis.) — H. 0,31; L. 0,45.
560. *Canards sauvages effrayés par un busard.* — H. 1,01; L. 0,77; n. s. (Reproduction du nº 451.)
561. *Pêche dans une queue d'étang.* — Trois pêcheurs tirant le filet; un autre pêcheur dans la nacelle. Sur la rive, des roseaux, des saules, et, au fond, des toits et une cheminée qui fume. — (Inachevé.) — H. 0,60; L. 0,92; n. s.
562. *Pâturages.* — De l'eau sur le premier plan; dans les roseaux, trois vaches; vaches plus petites dans les herbages, entre des bois et un rocher. Ciel d'été lumineux et pur. — (Peint. à l'huile; inachevée.) — H. 0,72; L. 0,58; n. s. (1853.)
563. *Tête de sanglier.* — Vue de profil. — H. 0,38; L. 0,55; n. s.; d. 1853.
564. *Id.* — Vue de face. — M. dim.; m. date.
565. *Hérons.* — Roseaux, saule mort; quatre hérons dans les eaux du premier plan; héron au guet sur la berge. — H. 0,88; L. 0,72; ov.; s. et d. 1853.
566. *Canards sauvages.* — Lith. par Français, pl. 30. — M. dim.; s. *A. Rolland et G. Wintz*, 1853.
567. *Vautour au repos.* — Troncs d'arbres; lit de torrent; la montagne. — M. dim.; m. sign.
568. *Vautour prenant l'essor.* — Fond de glaciers. — M. dim.; m. sign.; d. 1853.
569. *Nature morte.* — Fenêtre ouverte sur la campagne; treille et grappes pendantes. A l'intérieur, un faisan et un canard sauvage pendus au mur; une perdrix et trois pommes sur une tablette de marbre. — M. dim.; m. sign.
570. *Pâtre donnant de la trompe.* — Dans les Alpes; deux vaches. — H. 0,26; L. 0,19; m. bl.; s. A. R.
571. *Renard assis.* — Lith. par E. Le Roux, pl. 19. — H. 0,26; L. 0,20; m. bl.; s. A. R. 1855.

Le *Renard assis* est populaire à Metz comme les *Hérons* (pl. 18). Il a été de même refait plusieurs fois (cf. nºs 167, 325, 481, 485.) Le motif original date du mois de mars 1848; l'auteur avait écrit sur son garde-main cette boutade: *Candidat clérical méditant une profession de foi républicaine.*

572. *Cerfs dans une clairière.* — Cerf et biche au pied d'un grand chêne; pays montueux et boisé. Ciel nuageux. — H. 1,01; L. 0,77. (Exp. Metz, 1856, nº 131.)
573. *Deux heures de prison.* — Petits chiens (*Bichon* et *Finette*) en pénitence; fouet jeté à terre. — (Peint. à l'huile.) — H. 0,65; L. 0,54. (Id., nº 133.)
574. *Queue d'étang.* — Saules et maison; au premier plan, des roseaux et trois cigognes. — H. 0,70; L. 0,94. (1856.)
575. *Bords de la Nied.* — Vaches en pâture; soleil couché très-ardent. — M. dim.
576. *Effet de neige.* — Queue d'étang; deux petites cigognes dans l'eau; des arbres au fond. Ciel nuageux. — H. 0,00; L. 0,47; m. bl.; s. A. R.
577. *Études de vaches.*

Carton rempli d'études faites, en grande partie, d'après nature, et qui ont servi particulièrement à composer un pastel exposé à Metz en 1858: *Taureau et Vaches dans la cour* (cf. nº 646).

578. *Effet d'été.* — (Croquis.) — H. 0,09; L. 0,18; m. bl.; s. A. R.
579. *Effet d'automne.* — (Id.) — M. dim.; n. s.
580. *Vaches en pâture.* — (Id.) — M. dim.; s. A. R.
581. *Route menant à une ville, au pied des montagnes.* — (Id.) — M. dim.; s. A. R.
582. *Pâturages.* — Grands arbres isolés; quelques vaches. — H. 0,14; L. 0,25; m. bl.; s. A. R.
583. *Chien courant immobile auprès d'un sanglier mort.* — (Peint. à l'huile.) — H. 0,32; L. 0,24; s. A. R.
584. *Loup.* — Debout; de profil. — (Id.) — H. 0,24; L. 0,33.
585. *Le Lièvre tué.* — Dans des chaumes; chasseur armant son fusil; chien braque. — H. 0,23; L. 0,31.
586. *Un Sanglier dans la neige.* — H. 0,35; L. 0,50; m. bl. (Exp. Metz, 1858, nº 155.)

Gravé à l'eau-forte par G. Malardot (1859).

587. *Un Taureau blanc.* — Taureau blanc et vache. — M. dim. (Id., nº 156.)
588. *Le Clocher de Rémilly.* — La place de l'église au moment où sonne le dernier coup de la messe; silhouettes et portraits. — H. 1,01; L. 0,77. (Id., nº 125.)
589. *Loups pendus.* — H. 0,78; L. 1,01. (Id., nº 126.)
590. *Soleil couchant et Cerf.* — Cerf et biche sur un pic; autre cerf vu de dos. — M. dim. (Id., nº 152.)
591. *Vaches en pâture.* — Herbages parsemés d'arbres. — H. 0,47; L. 0,53; m. bl.
592. *Combat de taureaux.* — Gros troupeau de vaches; pâtureau essayant de distraire deux taureaux aux prises. — H. 0,56; L. 0,76; n. s.
593. *Vaches au gué.* — H. 0,53; L. 0,73; m. bl.
594. *Ours muselé.* — H. 0,40; L. 0,55; m. bl.; s. A. R.
595. *Après la neige.* — Lisière de bois, bordée de fossés; au fond, restes de neige sur les côtes. Ciel bleu. — H. 0,40; L. 0,54; m. bl.
596. *Chardonneret mort.* — H. 0,17; L. 0,13; ov.; m. bl.; n. s.
597. *Oiseaux morts (mésange et maçon).* — M. dim.
598. *Id.* (*mésange et gros-bec*). — M. dim.

M. ROLLAND (PROSPER), à Rémilly.

599. *Souvenirs de Heidelberg et des bords du Necker.* — Petit album. (1817.)
600. *Chasseur rechargeant son fusil auprès d'un sanglier mort.* — (Aquarelle.) — H. 0,20; L. 0,15; n. s.
601. *Halte de chasseurs.* — Trois chasseurs, deux couples de chiens, garde sonnant le rappel, deux gamins dont l'un souffle un feu de bois mort. — (Id.) — S. A. R. 1833.
602. *Caricatures.* — (Dessins à la plume.)

Deux caricatures rappelant la lutte engagée entre les deux rives de la Nied française, sur la direction de la route de Metz à Baronville. — L'une est intitulée: *Chemin de la croix de Berlize, dernière station.* Elle représente l'avocat de la rive droite, tombant sous sa croix, tandis qu'il s'efforçait de monter du pont de Domangeville et du parc de Pange sur les hauteurs de Berlize, pour rejoindre, disait-il, l'ancienne voie romaine. La seconde donne à l'adversaire vaincu les traits et la dolente attitude du *Lion malade: juillet 1834.*

603. *Notes et Croquis.* — Album.

Simples croquis de toutes sortes et d'époques très-différentes — Souvenirs portant une date: un prêtre en prière sur une tombe, *juillet 1832* (c'est la date du choléra); Poules et chapon, dessinés le *26 juin 1834*; *Monsieur Happi, 1837* (petit chien noir ayant appartenu à Ad. Rolland, qui a reparu dans les *Chiens en récréation*, nº 55); *Cascade de Reischenbach, 1838* (motif d'un tableau exposé l'année suivante à Paris); *les Fleurs, 26 octobre 1839* (cf. nº 7); des têtes de chevreuil, d'après nature, *Forêt, mars 1840*; des silhouettes de dames avec les toilettes à la mode, *1835, 1858*. — Études d'arbres et d'animaux: Coqs; hérons; chiens (*Bichon, Finette*, cf. nº 573); singes; cerfs et sangliers; ours et lion, avec Martin le dompteur. — Projets de tableaux exécutés pour la plupart, de 1836 à 1858; d'abord, beaucoup de sujets où les figures dominent ainsi que les costumes du moyen âge (*Le Blessé, L'Embuscade de brigands, La Sortie*, les *Sonneurs de trompe, Le Duel, etc.*); puis des paysages (le *Ruisseau dans les bois*, des *Vaches en pâture, etc.*); enfin des sujets de chasse (*Troupe de sangliers, Sanglier mort, Combat de cerfs, Chiens perdus*).

604. *Chèvre.* — H. 0,24; L. 0,35; m. bl.; s. et d. *Barèges*, Août 1835.
605. *Chamois tué.* — M. dim.; s. et d. *Petit Barèges.* (Id.)
606. *Troupeau de vaches.* — A gauche, une maison et des arbres; à droite, une perspective vague. — (Mine de plomb.) — H. 0,34; L. 0,47. (Exp. Metz, 1836, nº 88 bis.)
607. *L'Attaque du convoi* (ou *L'Embuscade*). — Convoi attaqué au détour d'un chemin; pays accidenté et couvert. Ciel bleu et gris, très-fin. — H. 0,30; L. 0,41; m. bl.; s. et d. 3, 1837. (Exp. Metz, 1837; 1852, nº 250.)
608. *Souvenir du lac de Bienne* (Suisse). — H. 0,43; L. 0,65; m. bl.; s. et d. mai 1837.
609. *Rendez-vous de chasse.* — Chemin à la lisière des bois; chasseurs et chiens accouplés. — M. dim.; s. et d. 31 mai 1837.
610. *Glaciers.* — Vallée, forêt de sapins, deux bûcherons; fond de montagnes neigeuses. — M. dim.
611. *Dahlias.* — H. 0,27; L. 0,21; n. s.
612. *Raisins.* — M. dim.; s. et d. 10, 1838. (Exp. Metz, 1840.)
613. *Chaumières au bord d'un bois.* — Quelques vaches. Ciel chargé de gros nuages orangés. — H. 0,43; L. 0,65; m. bl.; s. et d. 1, 1840.
614. *Vignettes.* — (1842.)

Douze dessins à la plume illustrant un recueil manuscrit de Prières et Fables: *Notre Père — le Pinson et la Pie; le jeune Singe; la Brebis et le Chien; l'Enfant dénicheur; l'Agneau désobéissant; l'Enfant et le Miroir; le Héron; le Léopard et l'Écureuil; le Lion et le Rat; le Gland et la Citrouille — A l'Ange gardien* — Album composé pour Albert Rolland, qui avait quatre ans.

615. *Études et Croquis.* — Album.

Album qui paraît avoir été commencé vers 1841 et repris plusieurs fois. — Études: Chênes; Pigeons; Taureau et Vache; Loup; plusieurs Sangliers morts — Plusieurs esquisses des *Étables dans les Pyrénées* — Détails pour *l'Étang de Bouligny* et pour un tableau de *Chevriers sur un tertre* qui a échappé à nos recherches.

616. *Cavalier entrant dans un bois.* — H. 0,56; L. 0,84.
617. *Village lorrain.* — Lith. par Français, pl. 12. — H. 0,57; L. 0,92; s. et d. 1844. (Exp. Paris, 1844, nº 2115; Metz, 1844; 1852, nº 255; 1861, nº 722.)
618. *La Forge.* — Le forgeron; un passant et son cheval; au fond, des arbres; ciel nuageux. — (Peint. à l'huile.) — H. 0,30; L. 0,37; s. A. R. 1845. (Exp. Metz, 1852, nº 258.)
619. *Vaches sur des rochers.* — Lith. par J. Laurens, pl. 14. — H. 0,15; L. 0,33; m. bl. (Fait à Paris, 1846. Exp. Metz, 1850, nº 167; 1852, nº 260; 1861, nº 730.)
620. *Bords de rivière.* — (Croquis). — H. 0,17; L. 0,36. — (Id. Exp. 1850, nº 168; 1852, nº 261; 1861, nº 731.)

621. *Loup aux barreaux de sa prison.* — (Croquis.) — H. 0,42; L. 0,54; n. s. (1847.)

622. *Chêne dans un taillis.* — Ciel nuageux. — (Id.) — H. 0,14; L. 0,18; n. s.

623. *Poule morte.* — (Peint. à l'huile.) — H. 0,54; L. 0,45; n. s. (Exp. Metz, *Union des Arts,* mars 1851, n° 22; 1861, n° 735.)

624. *Miraut et Mirette.* — Bassets à jambes torses. — H. 0,44; L. 0,60; s. et d. 1850.

625. *Novembre.* — Trois sangliers; ciel brumeux qui s'éclaircit; dernières feuilles. — H. 0,42; L. 0,32; m. bl.; s. et d. 1852. (Exp. Metz, 1852, n° 281.)

626. *Bords de la Nied.* — Sur l'autre rive, un chêne, formant le centre de la composition; pêcheur à la ligne sur la gauche du premier plan. — H. 0,36; L. 0,47; m. bl.; s. et d. 1852.

627. *Soleil couché.* — Bords de rivière; trois vaches. — M. dim.

628. *Rivière bordée de saules.* — Trois vaches. — M. dim.; n. s.

629. *Crépuscule.* — De l'eau, des chênes; nuages éclairés par la lune. — H. 0,22; L. 0,30; m. bl.; s. A. R.

630. *Étang au bord des bois.* — (Croquis). — H. 0,14; L. 0,25; m. bl.; s. A. R.

631. *Sanglier coiffé.* — Sanglier et chiens (demi-nature.) — H. 0,74; L. 0,97; s. et d. 1854.

632. *Vaches en pâture dans les bois.* — (Peint. à l'huile, sur cuivre.) — H. 0,33; L. 0,47; n. s.

633. *Meute en pleine chasse.* — Treize chiens. — (Peint. à l'huile.) — H. 0,45; L. 1,20; n. s. (Exp. Metz, 1856, n° 113.)

634. *Combat de sangliers.* — Deux sangliers aux prises dans la neige; trois témoins. — (Id.) — H. 0,90; L. 1,18; n. s. (Id., n° 135.)

635. *Chevreuils.* — Lith. par K. Bodmer, pl. 28. — (Id.) — H. 0,55; L. 0,81; n. s.

636. *Épagneul et Chien braque en arrêt.* — Reproduit le n° 735. — (Id.) — M. dim.; n. s.

637. *Épagneul sur des Perdreaux.* — Reproduit le n° 397. — (Id.) H. 0,55; L. 0,96; n. s.

638. *Sanglier au ferme.* — Broussailles; quatre chiens, dont un éventré. — (Id.) — H. 0,71; L. 0,92; n. s.

Les six tableaux qui précèdent (633-638) faisaient partie d'une série de seize tableaux à l'huile destinés à la décoration d'un *salon de chasse.*

L'*Épagneul sur des perdreaux,* placé entre les *Chevreuils* et les deux *Chiens d'arrêt,* et au-dessus du *Sanglier au ferme,* occupait un panneau coupé par deux armoires.

Le *Duel de sangliers,* au-dessus de la *Meute en pleine chasse,* formait le centre du panneau principal. Le reste de l'espace devait être rempli, en haut, par deux *Piqueurs à cheval,* un *Chasseur dans les roseaux* tenant à la main un canard tué (cf. n° 393) et un portrait de *Dubois, le garde-chasse;* en bas, par une *Laie avec ses marcassins,* un *Sanglier mort* étendu sur la neige, des *Chiens bassets,* deux *Renards.*

Un *Grand-Duc perché* et un *Hibou prenant son vol* trouvaient place entre deux fenêtres.

Ces dix derniers tableaux ne sont qu'ébauchés; l'auteur y travaillait à sa fantaisie; il ne considérait aucun des seize comme terminés: c'est pourquoi il n'a mis nulle part sa signature, pas même sur les *Chevreuils,* reproduits dans l'Album de ses œuvres, ni sur le *Combat de Sangliers* et la *Meute en pleine chasse* qu'il avait cependant consenti à exposer en 1856.

A la même époque, il esquissa des panneaux pour la *Loge de chasse du bois de Fraheu* — puis, sur un panneau d'armoire, un *Loup* et un *Héron morts,* suspendus à une muraille, et un attirail de chasse (cor, fusil, couteau et poudrière). Cette ébauche d'une belle tournure, à laquelle Cathelinaux a travaillé, est encore en place dans l'atelier où A. Rolland avait coutume de s'installer lorsqu'il peignait à l'huile.

639. *Étang dans les bois.* — Bordé de chênes; deux hérons. — (Peint. à l'huile.) — H. 0,60; L. 0,97; n. s.

640. *Maisons rustiques.* — Prises du côté des jardins; palissades; porcs et dindons; deux femmes. — (Id., ébauche.) — H. 0,48; L. 0,58; n. s.

641. *Chasseur lançant des chiens sur une piste.* — (Id.) — H. 0,21; L. 0,31; n. s.

642. *Troupeau dans une forêt.* — Pâtre, vaches et moutons sous bois. — H. 0,67; L. 0,57. (Exp. Metz, 1856, n° 132.)

643. *Étables dans les Pyrénées.* — Pâtre, sept vaches. — H. 0,67; L. 0,50.

644. *Taureau et deux Vaches en pâture.* — Saules. Ciel chargé de gros nuages. — H. 0,25; L. 0,35; m. bl.

645. *Deux Étalons à l'écurie.* — Étalon bai; étalon gris pommelé; chien de Terre-Neuve. — H. 0,65; L. 0,88. (Exp. Metz, 1858, n° 129.)

646. *Taureau et Vaches dans la cour.* — Deux vaches; coq et poules. — M. dim. (Id., n° 130.)

647. *Renard prenant un lapin.* — (Peint. à l'huile.) — H. 0,24; L. 0,32; s. A. R. (Id., n° 165.)

648. *Pâturages.* — Bergère; vaches et moutons; arbres isolés. Soleil couché, nuages jaunâtres. — (Id.) — H. 0,18; L. 0,33. (Id., n° 162.)

649. *Au bord des bois.* — Herbages; chèvres et deux vaches; jeune paysanne montrant à une compagne son giron rempli de fleurs. — (Id.) — M. dim.; n. s.

650. *Coup de vent.* — H. 0,67; L. 0,90.

651. *Sanglier mort.* — Deux chiens, l'un couché, l'autre poussant des hurlements. — H. 0,48; L. 0,62. (1859.)

652. *Moineau.* — H. 0,20; L. 0,15; m. bl.; n. s.

653. *Bouvreuil.* — Sur un rameau dépouillé. — M. dim.; s. A. R. 1859.

M. ROUSSEAUX (ALEXANDRE).

654. *Maison rustique entourée d'arbres.* — H. 0,35; L. 0,25.

M. RUPIED, conservateur des hypothèques, à Dieppe.

655. *Étude de Chêne.* — H. 0,44; L. 0,53; m. bl.; n. s.

656. *La Caravane.* — Caravane sur une hauteur; lion et lionne dans leur antre. Ciel d'Afrique; soleil couchant. — H. 0,45; L. 0,60; s. et d. 1847.

657. *Ours au clair de lune.* — H. 0,67; L. 0,90. (Exp. Metz, 1856. n° 116.)

658. *Ours dévorant un Chamois.* — Coucher de soleil dans les Alpes. — M. dim.

Mme SAINT-PAUL.

659. *Étang dans les bois.* — Chênes découronnés; deux cigognes; fond de côtes bleues. Ciel nuageux, crépuscule. — H. 0,35; L. 0,50; m. bl.

Mme SALMON-GALLEZ, à Sainte-Ruffine (Moselle).

660. *Lisière de bois.* — Un faucheur et deux femmes au pied d'un grand chêne. Ciel nébuleux. — H. 0,65; L. 0,54; s. A. R. 1839.

661. *Chevaux.* — Troupe de chevaux en pâture. Ciel couvert. — H. 0,27; L. 0,34; s. A. R.

662. *Nature morte.* — Un lièvre et une poule dans un panier; œuf et légumes au premier plan. — H. 0,43; L. 0,57; s. A. R. 1847.

663. *Baigneuses.* — Ruisseau sur le premier plan; deux femmes; une vache. Ciel d'été, serein. — M. dim.; m. sign.

664. *Vaches en pâture sur la lisière d'un bois de chênes.* — H. 0,68; L. 0,53.

Personne n'a plus sincèrement admiré les ouvrages d'A. Rolland, que M. Gallez, notre bon oncle. Libre enfin de consacrer au dessin et à la peinture les dernières années d'une vie modeste et laborieuse, il en a passé les plus douces heures à étudier, à copier avec un soin infini les pastels de *son maître,* comme il aimait à dire ingénument. Heureux lorsque, en échange des boîtes de crayons qu'il avait mis des semaines à composer, il remportait de nouveaux modèles, faits quelquefois à son intention, mais qu'il fallait le prier beaucoup, tant sa discrétion était grande, pour qu'il consentît à les garder.

M. SALOMON, professeur.

665. *Bords d'un lac.* — Rochers; escarpement boisés; fond de côtes. Ciel d'un bleu fin; nuages éclairés par le soleil. — H. 0,34; L. 0,42; m. bl.; ov; s. et d. 1852. (Donné à une loterie de la Société des Écoles.)

Mme SALZARD.

666. *Nature morte.* — Canard, perdrix, cruche de grès, nappe blanche.

M. SCOUTETTEN, médecin-chef et professeur de médecine.

667. *Village de Latour, Val de Chamonix.* — H. 0,30; L. 0,43; m. bl.; s. et d. 2, 1838.

668. *La Ruine.* — Ruines sur une hauteur, vues à travers de grands chênes. — H. 0,55; L. 0,44. (Exp. Metz, 1850, n° 158.)

Mme L. SCOUTETTEN.

669. *Chaumière.* — Près de deux mares; petits personnages. — H. 0,66; L. 0,61. (1854.)

M. SEROT (ED.), président à la Cour.

670. *Le Pont-levis.* — Porte attaquée et défendue; mêlée de fantassins et de cavaliers bardés de fer. — (Mine de plomb.) — H. 0,17; L. 0,24; s. et d. 1835.

La porte rappelle la *Porte des Allemands;* on aperçoit au loin la flèche d'une cathédrale, qui est la cathédrale de Metz. Le dessin a été fait en vue d'une reproduction sur pierre: les combattants tiennent leurs armes de la main gauche.

Il fut donné, un an avant la mort d'Adolphe Rolland, à Edouard Serot, l'un de ses plus chers amis, celui à qui furent adressées les strophes éloquentes qui commencent ainsi:

La nuit jette son voile au front riant des Heures...

les stances mélancoliques, datées de Nice (7 avril 1833):

Qu'un rayon d'amitié cherchant mon infortune,
Sur la rive où mes jours traînent dans la langueur,
Mieux que ce beau soleil dont l'éclat m'importune,
Caresse doucement mon cœur!...

et ces vers aimables, qui préludaient aux premières confidences d'une muse craintive:

Elle aime l'ombre et le mystère;
La forêt la plus solitaire
Lui prête des asiles verts,
Et le soir, à peine la brise
Surprend quelque note indécise
De ses voluptueux concerts....
Tu peux lever le voile ami
Qui dérobe au jour sa faiblesse;
Mais si ce vif éclat la blesse,
Ne le soulève qu'à demi.
Vois, dans ces pages fugitives,
De mes émotions naïves
Le tableau changeant et divers...
L'histoire entière de mon âme
Est écrite dans ces feuillets.

671. *Vue prise à Aix.* — H, 0,30; L. 0,41; m. bl.; n. s. (1837.)
672. *Vaches sur un tertre.* — Au fond, une plaine et des côtes vagues. Ciel des montagnes. — H. 0,25; L. 0,48; s. A. R. 10, 1841.

M. LE BARON SERS, à Urville (Moselle).
673. *Troupeau à la lisière d'un bois.* — Taureau et six vaches; à gauche, un berger assis à l'ombre d'un gros chêne. Temps lourd, ciel chargé de nuages orageux. — H. 0,77; L. 0,65. (Offert à la loterie organisée par Mme la comtesse Malher en faveur des blessés de l'armée d'Orient. Août 1855.)

M. SIBEN, ingénieur des ponts et chaussées, à Pistoïa (Toscane).
674. *La Lecture.* — (Croquis du no 274.) — H. 0,29; L. 0,24; m. bl.; n. s.

Mme SIMON (EMILE).
675. *Premiers jours d'automne.* — Prairie coupée par un petit ruisseau vers lequel courent des oies; au fond, des arbres encore verts se détachant sur un rideau de peupliers au feuillage jaune. Nuages dorés; vers le soir. — H. 0,40, L. 0,55; m. bl. (1858.)

M. SIMON-FAVIER.
676. *La Dent du chat.* — Vue prise dans les environs d'Aix, en Savoie. — H. 0,32; L. 0,42; n. s. (1837.)
677. *Village du pays messin.* — H. 0,32; L. 0,45; s. A. R. 1842.

M. STUREL (ÉMILE).
678. *Étude d'arbres.* — Chênes; lisière de bois. — H. 0,45; L. 0,55.
679. *Loup enlevant un Agneau.* — Effet de neige. — H. 0,52; L. 0,66. (Vente de 1855, no 22.)
680. *Chien en arrêt sur un Faisan.* — H. 0,79; L. 0,63; ov.
681. *Gibier mort.* — M. dim. (Exp. Metz, 1858, no 150.)
682. *Le Taillis.* — Trois vaches. Soir d'automne. — H. 0,64; L. 0,50. (Id., no 149.)
683. *Troupeau de Moutons.* — Entre deux bois. Arrière-saison. — M. dim.

M. STUREL (SYLVAIN), président du tribunal de commerce.
684. *Souvenir du Jura.* — Pâturages; trois vaches. — H. 0,60; L. 0,75. (Exp. Metz, 1858, no 147.)
685. *Cerf lancé.* — Biche et deux cerfs dans une clairière. — M. dim. (Id., no 148.)

Mme TASTU (AMABLE), à Alexandrie.
686. *Paysage animé par deux vaches.*

Envoyé, sous ce titre (8 janvier 1830), à Servet, doreur, qui devait « y ajuster de suite un cadre simple et de bon goût » et le faire porter à son adresse « ainsi que *les Blessés*, *l'Enrôlement du bandit* et le *Souvenir des Alpes* », que l'auteur voulait « soumettre à Mme Tastu avant l'exposition. »

Légitime hommage rendu à la femme illustre chez qui les enfants de la Moselle, artistes et gens d'étude, ont toujours trouvé des conseils si sûrs et un si aimable accueil. On cessait d'être un étranger pour elle (nous pouvons le dire), dès qu'on lui avait nommé « son cousin » L. C. Valette et Rémilly, où elle est venue.

M. THIÉBAUT.
687. *Deux Loups.* — H. 0,46; L. 0,53 (m. bl. à déduire). — (Vente de 1855, no 40.)

M. THIRIET, agent général des Écoles municipales.
688. *Effet d'automne.* — Arbres dépouillés; ciel nuageux, très-fin. — H. 0,32; L. 0,45; m. bl.
689. *Hutte de pêcheur.* — H. 0,35; L. 0,50; m. bl.
690. *Massif d'arbres au bord de l'eau.* — Petites vaches. Ciel couvert. — H. 0,31; L. 0,50; m. bl.
691. *Chaumes à la lisière d'un bois.* — Femmes sur une charrette; petit troupeau de cochons. Ciel nuageux. — H. 0,34; L. 0,50; m. bl.

M. THIRION (ISIDORE), à Metz et à Marbache (Meurthe).
692. *Chasse à courre.* — Haute futaie. — H. 0,75; L. 0,62; n. s.
693. *Troupeau de Chevaux.* — H. 0,40; L. 0,57.
694. *Troupeau de Vaches.* — M. dim.; n. s.
695. *Crépuscule.* — H. 0,28; L. 0,41; s. A. R. (Exp. Metz, 1850, no 164; 1852, no 262.)
696. *Le Midi.* — Dromadaires; quelques palmiers; soleil ardent. — (Croquis.) — M. dim.; s. A. R. 1847. (Id., no 169.)
697. *Bouquet de fleurs.* — H. 0,32; L. 0,24; s. A. R. 1848.
698. *Paysage.* — M. dim.; s. A. R. 1848.
699. *La Saint-Hubert.* — Treize personnages en costumes du moyen âge: chasseurs attablés; chasseurs debout et causant; valets affairés autour d'un amas de gibier; valet chargeant un mulet; piqueur assis gardant la meute. Chevaux au repos. H. 0,59; L. 0,95; n. s.

Vaste composition, sur laquelle l'auteur se proposait de revenir, comme l'attestent les variantes d'une copie faite par M. Thirion, qu'il a simplifiée en la retouchant.

700. *Deux petits Chiens.* — H. 0,16; L. 0,11; m. bl.
701. *Martin-Pêcheur.* — M. dim.

M. THOMAS (A.), négociant, à Paris.
702. *Vaches dans les bois.* — H. 0,44; L. 0,35; ov. (1855.)

M. THOUVENEL, sénateur, à Thoury (Seine-et-Marne).
703. *Ruine dans les Pyrénées.* — Sur le premier plan, deux peintres avec un guide. — H. 0,92; L. 0,71.
704. *Défilé dans les montagnes.* — Deux montagnards à cheval avec des faux; vaches en pâture. — H. 0,92; L. 0,73.
705. *Queue d'étang.* — Saule et roseaux. — H. 0,32; L. 0,44; m. bl. (Vente de 1855, no 16.)
706. *Rivière entre deux bois.* — H. 0,32; L. 0,46; m. bl. (Id. no 28.)

M. TORCHET, docteur en médecine, à Paris.
707. *Vallée d'Arles.* — (Mine de plomb.) — H. 0,14; L. 0,21; s. A. R. 1835, et sur la marge, 30 juin. (Exp. Metz, 1836, no 88.)
708. *Pâturages.* — Quelques vaches gardées par une petite fille au bord d'une mare; clair-chênes. Ciel de juin, nuageux. — H. 0,31; L. 0,42; m. bl.
709. *Bords de rivière.* — Vaches dans une prairie; plantation au second plan; à l'horizon, des maisons, des côtes. Ciel de printemps; restes de brouillard. — M. dim.

M. TOURNEUX (EUGÈNE), peintre, à Paris.
710. *Cigognes.* — Roseaux, têtes de saules. Ciel orageux. (Fait à Paris, 1845.)
711. *Ferme isolée dans les montagnes.* — (Id.)

Mlle TRIER (JOSÉPHINE), à Strasbourg.
712. *Vues de Baden-Baden.* — (Mine de plomb et aquarelle.) — S. A. R. 1832.
713. *Rendez-vous de chasse.* — Petites figures. — (Sépia.) — S. et d. 1833.
714. *Garde nationale de Rémilly.* — (Plume et aquarelle.) — n. s.

Du temps où l'auteur écrivait gaiement à son frère, qui passait l'hiver à Nice (6 décembre 1832): « Il y aura demain quinze jours que, par ordre supérieur, les officiers assistés de gardes nationaux députés à cet effet, se rendirent à Rémilly et procédèrent à l'élection d'un chef; sur cinquante votants, j'obtins cinquante voix, d'où il fut conclu par M. le Maire que j'avais réuni la majorité des suffrages; on but une hotte de vin et l'on se dispersa. J'étais absent et ne pus recevoir les honneurs dus à mon rang suprême. » *Le chef de bataillon* en fut pour ses frais d'épaulettes, et ce dernier épisode de sa vie militaire tourna court aussi bien que celui des batteries de Montrouge en 1814.

715. *Costumes de femmes en Suisse.* — Femme âgée et jeune fille. — H. 0,30; L. 0,38; s. A. R.
716. *L'Orage.* — Ravin; troupeau de moutons, deux vaches; fond de montagnes. — H. 0,40; L. 0,51.
717. *Route dans un pays raviné.* — Petits personnages, voiture, trois vaches; moulin à vent dans le lointain; montagnes à l'horizon. Ciel orageux. — (Peint. à l'huile.) — H. 0,25; L. 0,32.

M. VALADIER, à Clermont-Ferrand.
718. *Sous bois.* — Étude de hêtres dans la forêt de Fontainebleau. (Juin 1845.)

M. VALETTE (H.).
719. *Environs d'Aix.* — D'après nature. — H. 0,32; L. 0,43; s. et d. 1837.
720. *Chalet suisse.* — M. dim. (1838.)

M. VALETTE (LOUIS-CHARLES), maire de Rémilly.
721. *Le vieux Clocher de Rémilly.* — Lith. par J. Laurens, pl. B. — (Aquarelle.) — H. 0,14; L. 0,09; n. s.

Cette aquarelle a été peinte en 1832 pour Adolphe Rolland, qui désirait avoir sous les yeux le clocher de son village pendant l'hiver qu'il passa, comme un exilé, à Nice.

Le vieux clocher, qui menaçait ruine, ne fut démoli qu'après la mort du poëte. En 1843, Ch. Mannier prit, dans les mêmes dimensions, une vue du clocher nouveau qui venait d'être construit sur les dessins d'Auguste Rolland (1840).

Dans la chambre à coucher de L. C. Valette, qui a été successivement l'ami le plus intime de l'un et de l'autre frère, les deux clochers ont naturellement trouvé place au-dessous de leurs deux portraits: l'un qu'Ad. Tigé venait de faire, l'autre qui a été peint à la sépia par M. Maréchal, quelques mois après la mort d'Ad. Rolland (1837). — On comprendra que nous ayons tenu aussi à rapprocher ces deux souvenirs.

722. *Oiseaux morts.* — Grive, merle, rouges-gorges, mésange, troglodyte, etc. — H. 0,22; L. 0,31; m. bl. (Exp. Metz, 1836, no 86.)
723. *Id.* — Pics, mésange, grimpereau, rutan, maçon. — M. dim. (Id.)

Autre souvenir des deux frères. Tous ces oiseaux, peints à Metz, où A. Rolland était retenu par une muqueuse opiniâtre, ont été peints fidèlement d'après nature. C'est Ad. Rolland qui s'est amusé à les tirer, pendant son dernier séjour à Rémilly (avril 1836). Il envoyait des modèles, pour ainsi dire sur commande, au peintre, qui lui exprimait le désir de peindre plusieurs petits tableaux du même genre, en y groupant, par familles, les oiseaux des vergers, ceux des champs, ceux des roseaux, et, pour les oiseaux des bois, ceux du printemps et ceux de l'automne. (Lettre écrite le dimanche des Rameaux.)

724. *Les Pâtureaux.* — Herbages entre une mare et un clair-chênes; troupeaux; groupe d'enfants assistant à une bataille entre deux *pâtureaux.* — H. 0,41; L. 0,56; m. bl.; s. et d. 3, 1838.

725. *Vase de fleurs.* — Hortensia, dahlias, roses trémières, lilas, capucines, coréopsis, quelques fleurs des champs. — M. dim.; s. A. R. 1838.

726. *Pâturages.* — A gauche, un groupe d'arbres sur un tertre; à droite, des prairies et des côtes à l'horizon. Vaches et petites filles. — (Inachevé.) — M. dim.; n. s.

Les trois tableaux qui précèdent ont été faits à la même époque pour orner le petit salon de la maison qu'A. Rolland venait de faire construire pour le nouvel hôte de Rémilly.

727. *Héron gris au bord de l'eau.* — Oiseau de grandeur naturelle. Effet de neige. — H. 0,75; L. 0,50; s. et d. 1844. (Exp. Metz, 1844, n° 86; 1861, n° 726.)

728. *Vautour des agneaux.* (Laemmergeyer des Alpes.) — Posé sur une branche. — M. dim.; s. et d. 1844. — (Id., n° 87.)

729. *Deux Vaches au pied d'un chêne isolé.* — Au second plan, un chêne, des vaches; côtes vagues à l'horizon. Nuages blancs sur un fond bleu. — H. 0,25; L. 0,17; m. bl. (Exp. Metz, 1852, n° 279 bis.)

730. *Trois Vaches en pâture.* — Lisière de bois; ciel chargé d'orage. — M. dim. (Id. n° 272.)

731. *Dubois en tournée.* — H. 0,22; L. 0,30; s. A. R.

732. *Duel de Sangliers.* — (Mine de plomb.) — H. 0,09; L. 0,13; n. s.

Simple esquisse au trait sur papier ordinaire.

Une autre feuille volante représente un *Sanglier* debout, vu de profil; l'artiste y a écrit ces mots: *Élevé par moi, dessiné et mesuré avec soin d'après nature.*

733. *Moutons, Chèvres et Vache à la porte d'une chaumière.* — (Peint. à l'huile.) — H. 0,27; L. 0,36; n. s.

734. *Les dernières Gerbes.* — Champ bordé par de grandes haies; moissonneurs chargeant un chariot. — H. 0,29; L. 0,43; m. bl.

735. *Épagneul et Chien braque en arrêt.* — M. dim.

736. *Deux Chiens en arrêt dans les roseaux.* — Id.

Trois tableaux faits pour égayer une chambre de malade pendant une longue convalescence. (1855.)

737. *Bords de rivière.* — Prairies; bois et côtes à l'horizon. — H. 0,08; L. 0,16; m. bl.; s. A. R.

738. *Chemin à l'approche d'un village.* — (Croquis.) — M. dim.

739. *Queue d'étang dans les bois.* — Deux hérons; deux morelles dans l'eau. — H. 0,51; L. 0,64.

Le dernier paysage qu'ait peint A. Rolland. (Avril 1859.)

M. VALLETTE (Charles).

740. *Paysage.* — H. 0,30; L. 0,20. (1852.)

741. *Rendez-vous de chasse.* — H. 0,90; L. 0,70; ov. (1854.)

742. *Chasse au marais.* — M. dim. (Id.)

Mme WEYER, à Paris.

743. *Lisière de forêt.* — H. 0,45; L. 0,30.

Petit tableau fait pour Mme Charmeil, dont les fleurs et les oiseaux à l'aquarelle ont tenu leur place dans nos expositions messines jusqu'en 1852.

C'est un *Liseron* peint par Mme Charmeil à une époque où elle ne songeait pas encore à montrer ses ouvrages au public, qui avait inspiré la pièce de vers insérée parmi les *Souvenirs d'Ad. Rolland* (Metz, Lamort, 1840), et mise en musique par Mlle Bardin :

Humble et frais,
Tu plais
Au poëte, au sylphe, à l'abeille;
Le peintre épris de tes couleurs
Joint tes fleurs
Aux plus belles de sa corbeille.

Beau destin!
Matin
Qui devrait durer une année.
Quel dommage, hélas! que le soir
Soit si noir
Et ferme sitôt la journée....

Vaine loi
Pour toi,
Fleur qu'une fée a consacrée;
Tu reçus d'elle un don puissant
En naissant :
La fraîcheur jointe à la durée.

C'est encore pour Mme Charmeil, également digne de ces poétiques hommages par la délicatesse de son esprit et par l'exquise pureté de son cœur qu'Ad. Rolland a écrit *Fauvette et Hibou*, et ces strophes, sur une convalescence, tirées d'une pièce qui n'a pas été imprimée :

Puissent les fleurs des prés, des bois et des collines,
Comme de jeunes sœurs trop longtemps orphelines,
Fêter votre retour,
Et, hâtant du soleil la course lumineuse,
Montrer avant le temps leur tête matineuse
Pour vous plaire un seul jour!

Puisse le peuplier battu par la tourmente,
Exhaler son parfum de sève qui fermente
Bien avant la saison,
La fauvette accourir à son nid en ruines
Et dérider le front de vos heures chagrines
Au bruit de sa chanson!...

M. WINDERLING (Noël), à Milan.

744. *Vaches en pâture.* — Prairie au bord d'une rivière; bouquet d'arbres vers le milieu; fond de montagnes. Gros nuages blancs sur un ciel bleu. — H. 0,30; L. 0,40; m. bl.

M. WINTZ, peintre, à Paris.

745. *Troupeau de Vaches.* — Second plan dans l'ombre; au fond, des côtes boisées. Effet de soir. — H. 0,35; L. 0,60; s. et d. 1857.

G. Wintz a vécu auprès d'A. Rolland et travaillé dans son atelier pendant trois ans (1852-55). Il a très-souvent copié ses pastels avec assez de fidélité et de talent pour que son maître l'ait vu sans déplaisir trouver dans cette occupation une ressource. Beaucoup de salons, même en dehors du pays messin (nous en pourrions citer à Paris, à Alger, en Prusse), se sont trouvés ainsi décorés de reproductions des ouvrages d'A. Rolland, faites sous ses yeux, qu'il ne désavouait pas, auxquelles même on pensait bien qu'il mettrait un peu la main.

Au reste, M. Wintz a eu l'honneur de faire avec lui un certain nombre de tableaux qu'ils ont signés ensemble. Nous avons dû les comprendre dans notre Catalogue; et il nous a même paru convenable qu'une des planches de notre Album (*Canards sauvages*, lith. par Français, pl. 30) reproduisît un des paysages qui portent la double signature : *A. Rolland et G. Wintz.*

M. WOIRHAYE, conseiller à la Cour de cassation.

746. *Pâture dans les bois.* — Roches et clairière; un chêne au centre; quatre vaches, un pâtre et une femme; futaie au second plan; fond de côtes basses. Ciel bleu nuageux. — H. 0,40; L. 0,55. (1858.)

Mme YUSUF, à Alger.

747. *Prairie et Troupeaux.* — (Croquis.) — H. 0,30; L. 0,40; m. bl. (Paris, 1840.)

748. *Au bord de l'eau, paysage.* — (Id.) — M. dim.

APPENDICE. — DESSINS SUR PIERRE ET SUR BOIS.

LITHOGRAPHIES.

749. *Jeunes gens du bon ton à Strasbourg.* — Brasserie de la Cloche; étudiants. — (1819.)

750. *La Chasse oubliée.* — Chasseur et paysanne alsacienne; chien d'arrêt en quête. — (Reproduisant le dessin mentionné sous le n° 386.)

751. *M. le Curé composant son sermon.* — Lith. Engelmann, à Paris. (Août 1828.)

752. *Silhouette de Jean-François Rolland.* — De profil, debout et fumant, auprès d'un bûcheron qui fend un tronc d'arbre. — (1829.)

753. *L'Appel.* — Chasseur avec deux chiens courants donnant du cor à l'entrée d'un bois.

754. *Napoléon.* — Debout sur le rocher de Sainte-Hélène; au-dessous, un aigle prenant l'essor. — S. A. R. Lith. Dupuy, à Metz.

Publié par l'*Utile*, journal patriote et populaire de l'Est, n° 4 (avril 1833). On lit à la page 9 l'avis suivant : « Il a été tiré avec soin, sur papier de Chine, 50 belles épreuves du *Napoléon* que l'on trouvera chez Mme Devilly, au prix de 75 cent. la pièce. »

755. *Souvenir des Bourbons. Assassinat juridique du maréchal Ney* (7 décembre 1815). — S. A. R. Lith. Dupuy.

Le dessin d'A. Rolland, publié par l'*Utile* (août 1833), fut incriminé lors du procès politique intenté au *Messager patriote.* C'est à ce sujet qu'Ad. Rolland inséra dans une chanson où il faisait parler des ouvriers qui s'adressent au *Messager*, le couplet suivant (mars 1834) :

Pour décorer notre atelier,
Tu vends des images plus graves;
Montre-nous le brave des braves,
Michel Ney, fils d'un tonnelier.
Durant vingt ans l'Europe entière
Craignit son épée... et pourtant
Son berceau manque à la frontière.
— Chut! la police nous entend!

Lorsque, une vingtaine d'années plus tard, il fut décidé qu'une statue du maréchal Ney serait élevée par souscription sur une des places publiques de la ville de Metz, A. Rolland fut naturellement l'un des premiers qui insistèrent pour que la statue fût faite et aussi pour que l'exécution en fût confiée à un enfant du pays, Ch. Pêtre, ancien pensionnaire du département de la Moselle à l'École des beaux-arts. Il était juste qu'il fît partie, avec MM. Maréchal et Aimé de Lemud, de la Commission toute messine chargée de suivre et d'approuver les travaux du jeune statuaire. Ses cartons contiennent plusieurs projets qu'il esquissa lui-même à cette époque pour la statue et pour son socle.

756. *Choix de Vignettes* destinées au grand ouvrage qui paraîtra incessamment sous le titre de : *Histoire fanatico-burlesque de Monsieur Mulet, la plus forte tête de son temps;* relation qui comprendra les faits, gestes, lettres inédites, parades et pantalonnades de ce célèbre personnage. — « 1re livraison, deuxième édition, tirées à 20000 ex. Se vend chez tous les libraires de France et des pays étrangers. » — Un titre et quinze vignettes numérotées sur trois feuilles et quatre vignettes sur une feuille supplémentaire; Metz, lith. Dembour. (Il existe des exemplaires sur papier jaune.)

Tiré en trois fois (février, avril, août 1834), à très-petit nombre, quoi qu'en dise un titre que personne ne sera tenté de prendre au sérieux. Pas un seul exemplaire n'a été mis dans le commerce.

757. *Sanglier dépouillé.* — Chasseur occupé à dépouiller un sanglier mort qu'un jeune paysan tire par une patte; derrière un gros arbre vu à mi-hauteur, un chien au guet. — S. A. R. 1842. Metz, Lith. Dupuy, Étienne. — (Fait pour l'Album distribué en 1842 par la Société des Amis des Arts de la Moselle.)

DESSINS SUR BOIS.

758. *Le bon Curé.* — En prière au bord d'une tombe. (Souvenir du choléra.)

759. *Le Paysan et son Curé.* — La dîme levée en pleins champs sur la moisson.

760. *L'Ordre règne à Varsovie.* — Cosaque fumant sur des ruines.

Trois vignettes publiées par le *Messager patriote de l'Est*, almanach populaire; années 1833, page 43; 1834, pages 59, 68.

La dernière avait déjà paru dans *l'Utile*, septembre 1833, p. 8.

761. *Souvenir de la Lorraine.* — (Paysage.) — Publié par *l'Illustration, journal universel* (Paris, 1er novembre 1845, p. 137).

C'est dans un article d'A. de la Fizelière sur la *Peinture à Metz* que *l'Illustration* a inséré six compositions de MM. Maréchal, A. de Lemud, T. Devilly, A. Rolland, L. Pelletier et A. Mennessier. Le *Souvenir de la Lorraine* fait pendant aux *Moissonneurs*. Un autre dessin sur bois fait à la même époque est resté entre les mains d'A. de la Fizelière sans avoir été gravé.

LITHOGRAPHIES ET GRAVURES D'APRÈS A. ROLLAND.

GRAVURES A L'EAU-FORTE.

1. *La Chaume*, par A. Malardot; dans *l'Union des Arts*, Metz, 1851. (Cf. no 180.)
2. *Épagneul sur des perdreaux*, par C. Malardot. (No 397.)
3. *Sanglier dans la neige*, par le même. (No 586.)

LITHOGRAPHIES.

1. *Étude de Sangliers*, dans le *Journal des Chasseurs*, 1849. (Cf. no 455.)
2. *Les Mares de Breuil*, dans *l'Union des Arts*, Metz, 1851. (No 186.)
3. *Loup blessé*, dans la *Vie à la campagne*, 1861. (No 467.)
4. *Une Alerte*, Id. 1862. (No 341.)
5. *Hérons gris*, dans le *Journal des Chasseurs*, 1861. (No 269.)
6. *Loup aux aguets*, Id. (No 225.)
7. Motif emprunté à la *Forêt de Rémilly*, Id. (No 457.)

Les cinq dernières planches sont de J. Laurens et ont été faites pendant que les *Œuvres d'A. Rolland* étaient en voie de publication. — La seconde est de Français; nous l'avons reproduite au frontispice.

MODELAGE.

1. *Lièvre mort.* — (Haut-relief.) — Hauteur 0,16; Longueur 0,25. (Exp. Metz, 1852, no 257.)

Fait en 1845, époque où l'auteur vit travailler Fratin et travailla quelquefois dans son atelier. « Nous avons modelé ensemble (écrivait-il le 13 mai) un *Sanglier* et un *Loup* qui auront les honneurs du bronze; mes souvenirs de chasseur lui ont été de quelque utilité. »

2. *Chiens bassets.* — Groupe de deux bassets (*Miraut* et *Mirette*, cf. Peinture, no 624.) — H. 0,22; L. 0,38. (Id., no 269.)
3. *Chevreuil.* — H. 0,35; L. 0,30. (Id., no 267.)
4. *Sanglier.* — H. 0,28; L. 0,38. (Id., no 268.)

L'auteur a fait mouler en plâtre ces quatre modèles, dont l'exemplaire unique était resté entre ses mains. Il a fait mouler aussi une variante du *Sanglier*, H. 0,20; L. 0,27, et deux *Renards* (nos 5 et 6).

Nous signalerons encore plusieurs ébauches en terre: un *Sanglier blessé* (première idée du no 8), un *Sanglier coiffé*, un *Sanglier rappelant*, un *Sanglier qui se gratte contre une souche*.

L'ébauche d'un *Sanglier couché* porte une date: 1840. C'est l'époque où Ch. Pêtre a passé plusieurs mois chez A. Rolland, modelé son médaillon, son buste, les médaillons de plusieurs membres de sa famille, le buste de L. C. Valette et un *Saint-Hubert*.

5. *Renard au guet.* — H. 0,20; L. 0,30.

Variante de dimensions plus petites: H. 0,10; L. 0,18.

6. *Renard assis.* — H. 0,18; L. 0,10.
7. *Loup blessé.* — H. 0,12; L. 0,25.
8. *Sanglier blessé.* — H. 0,18; L. 0,25.

Le *Sanglier blessé* est un des derniers ouvrages de l'auteur. D'après cette maquette, il se proposait de modeler un *Sanglier* de grandeur naturelle, qu'il aurait fait sculpter en pierre du pays ou couler en fonte à Niederbronn, pour le placer au milieu d'une pelouse, sur le devant de sa maison. Le socle aurait été orné de quatre bas-reliefs. Dans le cours de sa dernière maladie, A. Rolland en avait esquissé un qui représente un *Sanglier coiffé et six chiens*.

L'intention de la famille est de faire couler en bronze et de publier ce *Sanglier blessé*, ainsi que les quatre modèles exposés en 1852.

ARCHITECTURE.

1. *Maisons et Jardins de Rémilly.* (1831-1859.)

La plus récente de ces maisons est un joli chalet construit en 1850 pour M. Paul Rolland, que la photographie a reproduit. Sur cette planche on peut reconnaître, au premier plan, la silhouette de l'architecte.

Le plan de Rémilly, dressé en 1857 par Denize, et dont une réduction a été lithographiée, suffirait pour donner une idée exacte des trois grands jardins de Rémilly, si les inclinaisons du terrain, qui entrent dans les conditions du tracé pour une part si considérable, avaient pu y être indiquées.

2. *Clocher de Rémilly.* (1840.) — Lith. par J. Laurens, d'après une aquarelle de Ch. Mannier, pl. B.

C'est A. Rolland qui a dessiné les plans du clocher reconstruit pendant qu'il était maire de Rémilly en 1840.

C'est lui qui a dessiné aussi toutes les tombes du cimetière de famille, même la sienne, pour laquelle on s'est borné à reproduire en marbre blanc, dans des dimensions moins modestes, le dessin qu'il avait fait pour la tombe de son frère Adolphe en 1836.

Les tombes jumelles des deux frères ont été placées des deux côtés de la tombe de leurs parents. L'une porte pour attribut la lampe, symbole des veilles poétiques, et au-dessous du nom d'Adolphe Rolland, cette inscription :

Sa muse aima la solitude et l'obscurité.

La lampe est remplacée au-dessous du nom d'Auguste Rolland par le compas de l'architecte uni à la palette du peintre, attributs sculptés sur un croquis de Th. Devilly, et ces mots :

Rémilly garde le souvenir de ses bienfaits.

Enfin c'est A. Rolland qui a fait sculpter sur la tombe de Michel Dubois un médaillon encadré dans un cor de chasse enlacé à une guirlande de feuillage, au-dessous, un chien couché, et cette dédicace :

A Michel Dubois, ses compagnons de chasse, 1852.

3. *École et Mairie de Rémilly.* (1854.) — Lith. par E. Vernier, d'après une photographie, pl. C.

Nous ne saurions mieux faire que de transcrire ici tout au long l'avis rendu par le Conseil des bâtiments civils du département de la Moselle, dans sa séance du 2 mai 1853 :

« Le projet présenté réunit toutes les conditions d'appropriation et d'élégance désirables, et il révèle un nom que l'on est accoutumé à retrouver partout où il y a un service à rendre aux arts et aux artistes.

» Le Conseil départemental des bâtiments civils émet l'avis qu'il soit approuvé et que M. le Préfet de la Moselle le cite à l'avenir comme un type à imiter pour les constructions communales de cette nature.

» *Signé:* Le Joindre, Boulangé, Perrin, Dufresne et Malher, président. »

La première pierre fut posée par le comte Malher, préfet de la Moselle, le 24 juillet 1853, jour où le Comice agricole de Metz célébrait à Rémilly sa fête annuelle.

Les constructions avaient été confiées, sur la demande de l'architecte, aux frères Maguin, entrepreneurs à Rémilly, qui, formés par ses conseils et très-souvent dirigés par lui, ont fait faire à l'art de bâtir des progrès dont on est frappé à première vue lorsqu'on approche de Rémilly à deux ou trois lieues à la ronde, du moins sur les routes et sur la ligne du chemin de fer.

Les sculptures ont été faites par les frères Husson, de Metz, en dehors des devis et aux frais d'A. Rolland.

C'est pour lui aussi que Devilly avait esquissé et que Ch. Pêtre a modelé quatre médaillons en terre cuite représentant les *Quatre âges de la vie*, et placés sur la façade principale entre les fenêtres du rez-de-chaussée.

Dans la suite, la salle du Conseil s'est enrichie presque chaque année d'un nouveau présent d'A. Rolland. Nous mentionnerons seulement :

1° Un vase offert par M. de Galhau, de Vaudrevanges, en échange d'un paysage au pastel ;

2° Trois plans dessinés par L. Denizc, géomètre à Metz, en 1857 :

Plan de Rémilly en 1850, à l'échelle de $\frac{1}{[illegible]}$;

Topographie de Rémilly d'après les plans du cadastre de 1819, et représentant le terrain antérieurement à cette époque, à l'échelle de $\frac{1}{5000}$.

Topographie de Rémilly et de son territoire en 1850. (Id.)

3° *L'Agriculture,* peinture sur verre, signée par M. Maréchal (1858).

La prévoyance d'A. Rolland est allée jusqu'à léguer à la commune de Rémilly une somme de deux mille francs, dont la rente doit être spécialement consacrée à l'entretien des bâtiments de la mairie.

Il est tout simple que le Conseil municipal ait pris par acclamation une décision en date du 12 août 1860, régulièrement approuvée le 18 octobre suivant, aux termes de laquelle un buste en bronze d'A. Rolland, exemplaire unique coulé de grandeur naturelle d'après le modèle fait en 1840 par Ch. Pêtre, a été placé dans la salle de ses séances. Ainsi, comme le bon génie de la maison, il semble présider encore aux délibérations pacifiques où se règlent les intérêts de ce Rémilly qu'il a tant aimé.

4. *Maison des pâtres* (Étables communales. Pâtres.), à Rémilly. (1854.)

5. *École des filles, Asile et Crèche,* à Rémilly. (1856.)

L'école des filles a été bâtie en 1838 et l'asile fondé en 1847 ; mais l'ensemble de ces constructions n'a été complété et n'a pris sa forme actuelle qu'en 1850.

6. *École et Mairie de Courcelles-Chaussy.* (1856.)

Dessins revus par A. Rolland. Le procès-verbal d'adjudication, en date du 17 avril 1856, contient un vingt-cinquième article qui oblige l'entrepreneur à « se transporter lui-même chez l'architecte M. Rolland, de Rémilly, toutes les fois qu'il aura besoin de renseignements... » L'architecte de Rémilly est tout à tous, à la condition qu'on vienne à lui : il travaillait alors beaucoup, mais ne sortait plus.

7. *École et Mairie d'Adaincourt.* (1858.)

Excellent modèle pour de petites constructions de ce genre, conciliant l'élégance et le bon marché. Jolie façade à deux étages, une porte et cinq fenêtres.

Citons pour mémoire deux autres constructions de même genre, à *Villers-la-Quènexy* et à *Sorbey*. Les plans de la mairie de Sorbey ont été signés le même jour que ceux de la mairie d'Adaincourt (15 février 1858).

8. *École et Mairie de Herny.* (1860.)

Construction qui se rapproche davantage par ses dimensions de la mairie de Rémilly. Elle n'a été terminée qu'en 1860. Les devis avaient été signés le 15 février 1859.

POST-SCRIPTUM *(20 octobre 1863).* — Nous ne laisserons pas imprimer la dernière page de ce Catalogue sans indiquer nous-même un certain nombre de lacunes et d'erreurs que nous regrettons d'y avoir laissées.

LACUNES. — Nous estimons à quarante ou cinquante les tableaux d'A. Rolland qui ont échappé à nos recherches ; notamment :

1° Une partie de ceux que l'auteur donnait, avec une libéralité sans égale, pour les loteries organisées à Metz, soit par les Sociétés artistiques, soit par les Sociétés de bienfaisance, et qui n'ont pas tous été sauvés, comme celui dont parlait M. Lucy, « des mains des Philistins. »

Dans le nombre, nous pouvons signaler une *Chienne avec ses petits* (qui n'est pas la *Chienne des Pyrénées*, n° 540), exposée en 1836 sous le n° 88.

2° Dix ou douze pastels achetés en 1845 et 1846 par Régnier, marchand de tableaux sur le boulevard des Italiens, et pareil nombre vendus aussi à Paris, vers la même époque, par l'entremise de Servet, doreur, rue des Beaux-Arts, ou par les bons soins d'un des amis les plus dévoués d'A. Rolland, M. Collard.

Parmi ces derniers étaient les *Muletiers catalans, effet de soir,* et un *Pêcheur, effet de soleil couchant,* exposés en 1846 sous les n°s 2060 et 2063, les deux seuls tableaux exposés à Paris dont nous n'ayons pu indiquer les possesseurs.

3° Quelques tableaux offerts à des personnes qui n'auront peut-être pas reçu nos lettres.

Nous avons entre les mains des lettres de remercîment adressées à A. Rolland, après l'envoi d'un ou de deux pastels, par Mme la comtesse de Sonnaz (Turin, 1840), M. Jean Reynaud, représentant de la Moselle (Paris, 1848), M. Puyperoux (Metz, 1854).

M. Penguilly-Lharidon, porté au Catalogue de l'Exposition de 1858 comme possesseur du n° 139 *(Paysage avec Cigognes ; soir),* n'a jamais reçu ce tableau. Que sera-t-il devenu ?

M. Sonnini en possédait trois autres, faits en 1854, qui ont été détruits dans un incendie.

ADDITION. — M. de Noville, colonel à Berlin, possède un pastel (H. 0,42 ; L. 0,57), fait en 1844 et qui représente un *Coup de vent dans une forêt.*

ERRATA. — Page 1, col. 2, lig. 21, au lieu de trente-quatre, lisez : quarante-quatre.
— 3, — 2, — 35, lisez : Collignon d'Huart, à Woippy.
— 5, — 2, — 82, en 1837, lisez : de 1837 à 1840.

SUITE A L'ERRATA. — En adressant ici nos remercîments aux personnes très-nombreuses dont nous avons mis la complaisance à l'épreuve depuis trois ans, nous prions celles qui auraient encore des erreurs et des lacunes à nous signaler ou des renseignements à nous fournir, de ne pas hésiter à nous adresser leurs communications. Il n'est jamais trop tard pour grossir un *errata,* surtout à la suite d'une œuvre dont une minutieuse exactitude doit faire le principal mérite.

Nous avons l'intention de compléter le nôtre, s'il y a lieu, sur les deux exemplaires des *Œuvres d'A. Rolland* qui seront déposés dans les archives de la commune de Rémilly et à la bibliothèque publique de la ville de Metz.

E. G. R.

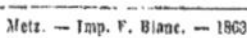

Metz. — Imp. F. Blanc. — 1863.

TABLE DES MATIÈRES.

Portrait d'Auguste Rolland, lithographie de Mouilleron, d'après un médaillon sculpté en 1849 par Ch. Pètre.
Notice sur la vie d'Auguste Rolland.
Catalogue des œuvres d'Auguste Rolland.
Peinture et Dessin. — Modelage. — Architecture.

SOUVENIRS DE RÉMILLY.

Numéros des planches.	Date de l'ouvrage reproduit.		Noms des lithographes.
A.	1834.	Maison d'Auguste Rolland, d'après un dessin d'E. Michel.	J. Laurens.
B.	1840.	L'ancien Clocher et le nouveau, d'après les aquarelles d'A. Rolland et de Ch. Mannier.	J. Laurens.
C.	1854.	École et Mairie.	E. Vernier.

DESSINS ET TABLEAUX D'AUGUSTE ROLLAND.

Frontispice.	1849.	Les Mares de Breuil (Catalogue des œuvres d'A. Rolland, nº 186).	Français.
1.	1836.	Le Grand-père (Id., nº 462).	Mouilleron.
2.	1837.	Halte de Contrebandiers (Id., nº 299).	J. Laurens.
3.	—	Gave de Pau (Id., nº 449).	J. Laurens.
4.	1838.	L'enrôlement du bandit (Id., nº 179).	E. Le Roux.
5.	—	Le Ruisseau dans les bois (Id., nº 77).	J. Laurens.
6.	1840.	Vaches au gué. Effet de brouillard (Id., nº 456).	J. Laurens.
7.	—	La Forêt de Rémilly (Id., nº 457).	J. Laurens.
8.	1841.	Souvenir de la Lorraine allemande (Id., nº 336).	J. Laurens.
9.	1842.	Le Chaume (Id., nº 180).	J. Laurens.
10.	1843.	Vaches dans une clairière (Id., nº 500).	E. Le Roux.
11.	1844.	Étude de chênes (Id., nº 550).	Français.
12.	—	Village lorrain (Id., nº 617).	Français.
13.	1845.	Paturages (Id., nº 527).	E. Le Roux.
14.	1846.	Vaches sur des rochers (Id., nº 619).	J. Laurens.
15.	—	Les Chèvres (Id., nº 552).	E. Le Roux.
16.	1847.	Renardeau et Hérisson (Id., nº 141).	E. Le Roux.
17.	—	Loup aux aguets (Id., nº 225).	J. Laurens.
18.	1848.	Hérons (Id., nº 269).	J. Laurens.
19.	—	Renard assis (Id., nº 571).	E. Le Roux.
20.	1849.	Marécages (Id., nº 339).	J. Laurens.
21.	1850.	Vaches s'abreuvant dans un ravin (Id., nº 51).	J. Laurens.
22.	1851.	Bords de la Nied (Id., nº 230).	J. Laurens.
23.	—	Octobre (Id., nº 276).	E. Le Roux.
24.	1852.	Troupeau de cochons (Id., nº 189).	E. Le Roux.
25.	—	Les Roseaux de Bouligny (Id., nº 389).	J. Laurens.
26.	—	Cochons a la lisière d'un bois (Id., nº 466).	E. Le Roux.
27.	1853.	L'Étang de Bouligny (Id., nº 458).	Français.
28.	—	Chevreuils (Id., nº 635).	K. Bodmer.
29.	—	Chiens d'arrêt (Id., nº 398).	E. Le Roux.
30.	—	Canards sauvages (Id., nº 566).	Français.
31.	1854.	Étables dans les Pyrénées (Id., nº 459).	J. Laurens.
32.	—	Loup blessé (Id., nº 467).	J. Laurens.
33.	1855.	Sangliers changeant de pays (Id., nº 401).	E. Le Roux.
34.	1856.	Sanglier coiffé (Id., nº 290).	E. Le Roux.
35.	1857.	Dindons ramenés des champs (Id., nº 145).	E. Le Roux.
36.	—	Sangliers courant sur la neige (Id., nº 460).	J. Laurens.
37.	1858.	La Basse-Cour de Rémilly (Id., nº 208).	E. Le Roux.
38.	—	L'Attente. Effet d'hiver (Id., nº 407).	J. Laurens.
39.	—	Coup double (Id., nº 440).	K. Bodmer.
40.	1857-9.	Cerf aux abois (Id., nº [illegible]).	E. Le Roux.

F. Michel del. | Imp. Lemercier, Paris | Laurens lith.

MAISON D'AUGUSTE ROLLAND A REMILLY.

RÉMILLY L'ANCIEN CLOCHER

LE CLOCHER NOUVEAU (1840)

RÉMILLY. ÉCOLE ET MAIRIE

A. Rollané, del.

Imp. Bertauts, Paris.

A. Mouilleron, lith.

LE GRAND-PÈRE

HALTE DE CONTREBANDIERS

GAVE DE PAU

A. Rolland p.xit — Imp. Bertauts — Eug. Le Roux lith.

ENROLEMENT DU BANDIT

RUISSEAU DANS LES BOIS

VACHES AU SOLEIL, EFFET DE BROUILLARD

EN FORÊT. COUP DE VENT

Imp. Lemercier, Paris. — J. Laurens lith.

SOUVENIR DE LA LORRAINE ALLEMANDE

Imp. Lemercier Paris

LE CHAUME

VACHES DANS UNE CLAIRIÈRE

ÉTUDE DE CHÊNES

A. Rolland, pinxt — François, lith.

VILLAGE LORRAIN

A. Bellard pinx — Imp. Bertauts Paris — Eug. Le Roux lith.

PÂTURAGES

VACHES DANS DES ROCHERS

15

A. Rolland pinxt   Imp. Bertauts, Paris   Eug. Le Roux lith.

CHÈVRES

15

A. Rolland pinx^t — Imp. Bertauts, Paris. — Eug. Leroux, lith

RENARDEAU ET HÉRISSON

A. Rolland pinx — Imp. Lemercier Paris — J. Laurens lith

LOUP AUX AGUETS

A. Rolland pinx.t

J. Laurens lith.

Imp. Lemercier, Paris.

HÉRONS

18.

A. Rolland pinx[t]

Imp. Bertauts, Paris.

Eug. Le Roux. lith

RENARD ASSIS

MARÉCAGES

A. Holland pinx[t] Imp. Lemercier, Paris. J. Laurens lith.

VACHES S'ABREUVANT DANS UN RAVIN.

A. Cadart et Cie rue Richelieu 66

BORDS DE LA NIÈVRE

A. Rolland, pinx^t Imp. Bertauts, Paris Français, lith.

OCTOBRE

Imp. Bertauts, Paris

TROUPEAU DE COCHONS

25

A. Rolland pinx.t Imp. Lemercier, Paris. J. Laurens lith.

LES ROSEAUX DE BOULIGNY

A. Cadart et C.ie rue Richelieu 66.

A. Rolland pinx.t — Imp. Bertauts — Eug. Le Roux, lith.

COCHONS À LA LISIÈRE D'UN BOIS

A. Balland, pinx.t Imp. Bertauts, Paris. Français lith.

QUEUE D'ÉTANG

A. Bolland, pinx^t — Imp. Bertauts, Paris — [illegible] lith.

CHEVREUILS

A. Rolland pinx.

CHIENS D'ARRÊT.

A. Rolland pinx^t

Français, lith.

Imp. Bertauts, Paris

CANARDS SAUVAGES

A. Rolland, pinxt Imp. Lemercier, Paris J. Laurens, lith.

ÉTABLES DANS LES PYRÉNÉES

32

A. Rolland pinx[t] Imp. Lemercier, Paris. J. Laurens lith

LOUP BLESSÉ

SANGLIERS CHANGEANT DE PAYS

J. Rolland pinxᵗ — Imp. Bertauts, Paris — Eug. Le Roux lith.

SANGLIER COIFFÉ

DINDONS RAMENÉS DES CHAMPS

SANGLIERS COURANT DANS LA NUIT.

A. Rolland pinx. — Imp. Bertauts, Paris — Eug. Le Roux lith.

LA BASSE-COUR DE [illegible]

A. Rolland, pinx^t — Imp. Lemercier, Paris — K. Bodmer lith.

COUP DOUBLE

CERF AUX ABOIS

www.ingramcontent.com/pod-product-compliance
Ingram Content Group UK Ltd.
Pitfield, Milton Keynes, MK11 3LW, UK
UKHW020350230726
13925UKWH00003B/1048

9 782014 052947